:O

Agatha Christie

Aiuto, Poirot!

Traduzione di Lia Volpatti

Arnoldo Mondadori Editore

Titolo originale dell'opera: The murder on the links

I edizione I Libri Gialli marzo 1934
I edizione I Classici del Giallo giugno 1968
I edizione Oscar Mondadori ottobre 1979

ISBN 88-04-39767-5

Questo volume è stato stampato
presso Arnoldo Mondadori Editore S.p.A.
Stabilimento Nuova Stampa - Cles (TN)
Stampato in Italia - Printed in Italy

Ristampe:

15 16 17 18 19 20 21 22 23 24

1997 1998 1999 2000

La prima edizione Oscar Scrittori del Novecento
è stata pubblicata in concomitanza
con la tredicesima ristampa
di questo volume

Personaggi del romanzo

Lucien Bex - Commissario della Polizia francese. "... un uomo piuttosto grassoccio, con foltissimi baffi..."

Cenerentola - Una ragazza misteriosa. "... bel visetto impertinente, folti riccioli bruni..."

La signora Daubreuil - Una donna molto bella. "I capelli... erano bruni e pettinati in due bande lisce come quelli di una madonna; gli occhi erano azzurri... una fossetta aggraziava il mento rotondo e le labbra, un poco dischiuse, sembravano sempre sul punto di abbozzare un misterioso sorriso..."

Martha Daubreuil - La ragazza dagli occhi inquieti. Così la descrive Hastings: "... nessuno avrebbe potuto passare davanti a quella ragazza senza notarla. Molto alta, un corpo stupendo, i capelli dorati nel sole, era una delle più belle donne che avessi mai visto..."

Giraud - Celebre poliziotto della Sûreté di Parigi. "Era alto, sulla trentina, capelli e baffi rossi: un tipo marziale. Il suo modo di fare era sottolineato da un pizzico di arroganza." Usa metodi di indagine moderni, con totale disapprovazione di Poirot.

Capitano Hastings - Amico e collaboratore di Poirot. Svolge la funzione di narratore.

Hautet - Giudice Istruttore. "... un uomo alto, scarno, dagli occhi scuri e penetranti... portava una barbetta grigia che aveva l'abitudine di accarezzare mentre parlava."

Hercule Poirot - Celebre investigatore belga. "Statura: un metro e sessanta circa; testa a forma d'uovo, un po' reclinata da una parte; occhi con riflessi verdastri quando è eccitato, baffetti ispidi alla militare, un'aria di dignità impressionante... Sempre accurato e persino raffinato, aveva una vera passione per l'ordine, sotto ogni forma... L'Ordine e il Metodo, ecco i suoi idoli. Manifestava un certo disprezzo per le prove tangibili, come le tracce dei passi o la cenere delle sigarette e sosteneva che esse da sole non avrebbero mai consentito a un poliziotto di risolvere un problema. « Lei saprà tutto su sigarette e cerini » dice a un certo punto a Giraud che lo tratta con malcelata condiscendenza e lo considera un vecchio fossile « ma io, Hercule Poirot, conosco il cuore umano. »

La signora Renauld - ... una donna alta e bellissima... di mezza età. I suoi capelli, un tempo neri, mostravano qualche filo bianco. Ma tutta la sua persona emanava forza e vitalità."

Jack Renauld - Un giovane alto, di taglia atletica, i capelli bruni.

Gabriel Stonor - "Un uomo imponente. Altissimo, agile e atletico, lo sguardo schietto, il viso abbronzato. Dominava i presenti..."

Aiuto, Poirot!

I
Una compagna di viaggio

Mi pare che esista un famoso aneddoto in cui un giovane scrittore, deciso a iniziare un suo romanzo in maniera tanto efficace e originale da sbalordire il più *blasé* degli editori, scrisse la frase: "'Maledizione', esclamò la duchessa".

È strano, ma questa mia storia si apre più o meno nello stesso modo. Con un'unica differenza: la signora che sbotta con la medesima frase non è una duchessa.

Eravamo ai primi di giugno. Ero stato a Parigi per affari e stavo tornando, col treno del mattino, a Londra dove ancora dividevo l'appartamento col mio vecchio amico Hercule Poirot, ex funzionario della polizia belga.

Il rapido per Calais era stranamente vuoto; c'era una sola persona nel mio scompartimento. Avevo lasciato l'albergo in fretta e furia e stavo ancora controllando se non avevo dimenticato qualche valigia quando il treno si mise in moto. Fino a quel momento avevo soltanto avuto una percezione di una presenza, ma quasi subito la presenza si materializzò in modo piuttosto brusco. Balzò dal sedile, abbassò in fretta il finestrino, sporse la testa, la ritirò, sospirò e disse: — Maledizione!

Ammetto di essere un po' all'antica. Secondo me, una donna deve essere "femminile". Proprio non tollero le ragazze moderne, nevrotiche, che si stordiscono di musica fracassona dalla mattina alla sera, che fumano come camini e usano un linguaggio che farebbe arrossire un marinaio. La osservai, un po' aggrottato: aveva una faccia bella e impertinente e portava un assurdo cappellino rosso dal quale spuntavano riccioli bruni. Non dimostrava più di diciassette anni, ma il suo viso era coperto da un denso strato di cipria e le labbra erano intollerabilmente scarlatte. Per nulla imbarazzata, sostenne il mio sguardo e sorrise maliziosa.

— Oh, povera me! Abbiamo scandalizzato questo gentile signore! — disse rivolta a un pubblico immaginario. — Chiedo umilmente scusa per il mio linguaggio. Non è degno di una signora, certo, ma quando ci vuole, ci vuole. Sapete che ho perso la mia unica sorella?

— Davvero? — risposi. — Che disgrazia!

— Il signore disapprova... disapprova me e mia sorella, il che è ingiusto, perché non l'ha nemmeno vista.

Stavo per rispondere, ma la ragazza mi fermò.

— Non dite una parola di più! Nessuno mi ama! Sono proprio infelice e sfortunata! — E si nascose dietro un giornalino a fumetti francese. Poco dopo la sorpresi a spiarmi da sopra il foglio. Non potei fare a meno di sorridere. Lei buttò il giornale sul sedile di fronte e scoppiò in una allegra risata.

— Sapevo che non eravate così stupido come sembrate!

La sua risata era molto comunicativa e anch'io scoppiai a ridere anche se, a dire il vero, non avevo digerito molto la parola "stupido". La ragazza era il concentrato di tutto ciò che io odiavo, ma comunque non mi garbava di rendermi ridicolo ai suoi occhi. Mi rilassai. Dopo tutto, era molto carina...

— Ecco, ora che siamo amici — esclamò la sfacciata — dovete dire che vi dispiace per mia sorella.

— Sono desolato.

— Bravo ragazzo!

— Fatemi finire. Volevo aggiungere che, pur essendo desolato, riesco benissimo a sopportarne l'assenza. — Accennai un inchino. Ma questa imprevedibile ragazza divenne seria e scosse il capo.

— Piantatela! Preferisco la vostra aria di dignitosa disapprovazione. Espressiva la vostra faccia! Dice: "Non è della mia razza!". Avete ragione, anche se, attento, al giorno d'oggi è molto più difficile fare delle distinzioni tra una signora e una popolana. Ecco, vi ho sconvolto di nuovo. Ma voi da dove uscite, dalla foresta vergine? Non che mi importi. Anzi, quasi mi dispiace che di quelli come voi ne siano rimasti pochi. Odio la gente che si prende subito confidenza. Divento furiosa.

— E come siete quando diventate furiosa? — domandai con un sorriso.

— Sono un demonio! Me ne infischio di quello che dico o che faccio. Un giorno per poco non buttavo uno da un finestrino... giuro che se lo meritava... Ho sangue italiano nelle vene! Prima o poi finirò nei guai.

— Be', cercate di non arrabbiarvi con me.

— Non lo farò. Voi mi piacete... ho provato simpatia per

voi non appena vi ho visto. Ma avevate quell'aria così sostenuta che pensavo fosse impossibile diventare amici.

— Be', ora lo siamo. Parlatemi di voi.

— Sono un'attrice... no, non di quelle a cui pensate, quelle che fanno colazione al Savoy tutte ingioiellate, quelle con le fotografie sulle prime pagine dei giornali per reclamizzare la crema X o il tonico Y. Io ho calcato il palcoscenico da quando avevo sei anni... sono un'acrobata.

— Come?

— Non avete mai visto i bambini acrobati?

— Sì, sì. Capisco...

— Sono nata in America, ma ho passato quasi tutta la vita in Inghilterra. Adesso abbiamo uno spettacolo...

— Abbiamo?

— Sì, mia sorella ed io. Cantiamo, balliamo, recitiamo... insomma, uno spettacolo con dentro vari generi. È un'idea nuova e ha molto successo. Guadagneremo un sacco di soldi...

La mia nuova conoscenza si chinò in avanti e mi tenne una sorta di conferenza sul teatro, usando termini gergali per me assolutamente incomprensibili. Eppure, sentivo che dentro di me stava crescendo l'interesse per quella ragazza. Era una strana mescolanza di infantilismo e maturità, a volte era bambina, a volte donna. Aveva il giusto senso della realtà e della vita pratica e sembrava perfettamente in grado di badare a se stessa. Eppure c'era qualcosa di molto ingenuo nel suo atteggiamento verso la vita e nella sua determinata certezza di sfondare. Subivo il fascino di un baluginante mondo per me sconosciuto e del suo viso che andava mano a mano illuminandosi mentre parlava.

Attraversammo Amiens e quel nome mi risvegliò antiche memorie. La mia compagna intuì ciò che mi passava per la mente.

— Pensate alla guerra?

Annuii.

— Vi avete partecipato, no?

— Sì e una volta sono stato anche ferito. Dopo la battaglia della Somme mi hanno congedato. Per un po' ho avuto un tranquillo impiego nell'esercito e ora sono segretario di un deputato.

— Accidenti! Che lavoro impegnativo!

— No, non è così. Non c'è gran che da fare. Un paio d'ore al giorno e basta. È un lavoro molto noioso. Sarei disperato se non avessi un hobby che mi appassiona.

— Non ditemi che fate la collezione di farfalle!

— No. Divido l'appartamento con un uomo molto interessante. È un belga... un ex funzionario di polizia. Si è stabilito a Londra e fa il detective privato e si sta facendo una grande fama. È un omino meraviglioso. Più di una volta ha risolto dei casi quando ancora la polizia ufficiale annaspava nel buio.

La mia compagna spalancò gli occhi.

— Che cosa interessante! Io adoro i delitti. Vado a vedere tutti i film gialli. E quando capita un delitto vero divoro i giornali.

— Ricordate il caso di Styles Court? — domandai.

— Aspettate... una vecchia signora che era stata avvelenata? È successo nell'Essex?

Annuii. — È stata la prima grande impresa di Poirot. Se non ci fosse stato lui, l'assassino l'avrebbe fatta franca. Ha fatto un lavoro d'indagine a dir poco perfetto. — E riassunsi tutto il caso, passo per passo, fino alla sconcertante soluzione finale. La ragazza mi ascoltava rapita. Eravamo tanto assorti nella conversazione che ci trovammo a Calais senza che ce ne rendessimo conto.

— Oh, mio Dio! — gridò la mia compagna. — Dov'è il mio portacipria?

Frugò nella borsetta, estrasse il portacipria e si ritoccò il trucco. Poi passò una bella dose di rossetto sulla bocca, osservandone l'effetto in uno specchietto, con l'aria più naturale del mondo.

— Sentite — esitai. — So che non sono affari miei, ma perché usate tutta quella roba?

La ragazza interruppe le sue operazioni e mi guardò sorpresa.

— Siete abbastanza carina per poterne fare a meno — aggiunsi.

— Ma devo farlo! Tutte le ragazze lo fanno. O pensate che voglia passare per una goffa ragazza di campagna? — Un ultimo sguardo allo specchio, un sorriso di auto-approvazione. — Così va meglio. È una fatica mantenersi sempre in forma, ve lo garantisco, ma se una donna ha rispetto per se stessa non deve lasciarsi andare.

Mi arresi a questo imperativo. Ognuno ha i suoi punti di vista.

Chiamai un paio di facchini e scendemmo dal treno. La ragazza mi porse la mano.

— Arrivederci e la prossima volta misurerò le parole.

— Oh, ma posso aiutarvi a salire sul traghetto...

— Non sono sicura di prendere il traghetto. Prima di tutto

devo appurare se mia sorella è salita sul treno. Comunque, grazie lo stesso.

— Ci rivedremo, spero. Io... — esitai. — Io... mi piacerebbe conoscere vostra sorella.

Entrambi scoppianimo a ridere.

— Siete gentile. Glielo dirò. Ma non credo che ci incontreremo ancora. Siete stato una compagnia deliziosa durante il viaggio... ma la prima impressione è quella che conta. Non faccio per voi, non sono della vostra razza. E questo provoca guai... lo so fin troppo bene... — la sua espressione cambiò e si fece improvvisamente triste. Poi adirata... poi cattiva...

— ... e quindi, addio — concluse brusca.

— Non mi avete nemmeno detto il vostro nome — gridai mentre si allontanava.

Si voltò. Aveva le fossette sulle guance. — Cenerentola — gridò e scoppiò a ridere.

In quel momento non potevo certo immaginare quando e come avrei incontrato di nuovo Cenerentola.

II
Una richiesta di aiuto

Alle nove e cinque del mattino successivo entrai nel salotto comune per fare colazione. Il mio amico Poirot, puntualissimo come al solito, stava già mangiando un uovo alla coque. Mi accolse con un sorriso raggiante.

— Avete dormito bene? Vi siete ripreso da quella terribile traversata? È straordinario, ma stamattina siete quasi puntuale! *Pardon*, avete la cravatta un po' storta. Permettetemi di sistemarvela.

Ho già descritto, in altre occasioni, Hercule Poirot. Un ometto straordinario. Statura: quasi un metro e sessanta; testa a forma d'uovo un po' reclinata da un lato; occhi con riflessi verdi quando è eccitato; lunghi baffi rigidi alla militare e un'aria di immensa dignità. Pulitissimo e sempre in ordine, poteva sembrare persino troppo raffinato. Ma per l'ordine aveva una vera mania. Un oggetto fuori di posto, un granello di polvere, o qualcosa di disordinato nell'abbigliamento di qualcuno erano per lui una tortura e non trovava pace finché non riusciva a porvi rimedio. "Ordine" e "Metodo" erano i suoi dogmi. Nutriva un certo disprezzo per le prove tangibili, quali, per esempio, le impronte digitali o la cenere delle sigarette, e sosteneva che da sole, queste prove, non sarebbero mai servite a un detective per risolvere un caso. Poi si dava dei colpetti sulla testa a uovo e sentenziava, con grande soddisfazione: "Il vero lavoro si svolge all'interno. *Le celluline grigie*... ricordatevi sempre le cellule grigie, *mon ami*!"

Mi sedetti al tavolo davati a lui e gli feci notare che un'ora di traversata tra Calais e Dover non poteva proprio essere definita terribile.

Poirot agitò il cucchiaio. — *Du tout!* Se anche per una sola ora uno sperimenta sensazioni ed emozioni terrificanti, è come se avesse vissuto tante ore. Non è stato proprio uno dei vostri poeti a dire che il tempo non è scandito dalle ore, ma dal battito del cuore?

— Be', credo che Browning si riferisse a qualcosa di molto più romantico del mal di mare.

— Perché era un inglese, un isolano per il quale *la Manche* non era nulla! Oh, voi inglesi! Con *nous autres* è ben diverso. Pensate che una signora di mia conoscenza, all'inizio della guerra, era fuggita a Ostenda. Qui ha avuto una terribile crisi di nervi. Impossibile andare oltre se non per mare! E lei aveva orrore, *mais une horreur*, del mare! Cosa doveva fare? E ogni giorno i tedeschi si facevano più vicini! Pensate che situazione terribile!

— E che cosa ha fatto? — domandai curioso.

— Per fortuna il marito era *un homme pratique*. Tranquillo. Lui non aveva crisi di nervi. *Il l'a emportée simplement!* Naturalmente la signora è arrivata in Inghilterra distrutta, ma finalmente in pace.

Poirot scosse il capo. Io cercai di assumere una espressione di circostanza. All'improvviso, Poirot si irrigidì e puntò l'indice in direzione della tostiera.

— Ah, *par exemple, c'est trop fort*! — esclamò.

— Che cosa succede?

— Quel pezzo di pane, non lo avete notato? — Lo prese in mano e me lo porse perché lo esaminassi. — È un quadrato? No. È un triangolo? Ancora no. È rotondo? No. Non ha nessuna forma. È senza simmetria, assolutamente.

— È stato tagliato da una pagnotta... — azzardai.

Poirot mi lanciò un'occhiata fulminante.

— Com'è intelligente il mio amico Hastings! — disse sarcastico. — Questo lo so anch'io e proprio qui sta il punto. È stato tagliato da una pagnotta senza forma e fatta alla carlona. Nessun panettiere dovrebbe permettersi di farlo!

Cercai di distrarlo.

— Qualcosa di interessante nella posta di oggi?

Poirot scosse il capo deluso.

— Non l'ho ancora guardata ma in questi giorni non arriva niente di interessante. I grandi criminali, i criminali di stile, non esistono più. I casi di cui mi sono occupato ultimamente erano banali fino alla noia. In sostanza mi sono ridotto a ritrovare i cagnolini dispersi per le signore di moda. L'ultimo caso che mi ha dato soddisfazione era quella storia complicatissima del diamante Yardly e... quanti mesi sono passati, amico mio?

Scoppiai a ridere fragorosamente.

— Coraggio, Poirot, la fortuna cambierà. Aprite quelle lettere. Per quello che ne sappiamo ci potrebbe essere un grande caso che vi aspetta.

Poirot sorrise e con un piccolo tagliacarte cominciò ad aprire le buste che si trovavano sul vassoio della posta.

— Un conto... un altro conto... sono diventato uno spendaccione in tarda età. Ah, un biglietto di Japp.

— Davvero? — Ero attentissimo. Non era la prima volta che l'ispettore di Scotland Yard sottoponeva a Poirot casi praticamente insolubili.

— Niente. Mi ringrazia (a modo suo) per un piccolo particolare che gli ho chiarito sul caso Aberystwyth. Son felice di essergli stato utile.

— E come vi ringrazia? — domandai curioso, perché conoscevo bene il mio Japp.

— È abbastanza gentile da dire che sono un meraviglioso vecchietto e che è contento di aver avuto l'occasione di farmi partecipare a un caso.

Tipico di Japp. Non riuscii a soffocare una risata.

Intanto Poirot, placido, continuava a leggere la corrispondenza.

— Mi propongono di tenere un conferenza per i boy scout. La contessa di Forfanock mi prega di andarla a trovare. Avrà smarrito il cagnolino, senza dubbio. Ecco l'ultima lettera. Ah...

Sollevai lo sguardo perché aveva improvvisamente cambiato tono. Era immerso nella lettura. Un attimo dopo mi porse la lettera.

— Questa è fuori del comune, *mon ami*. Leggete.

La lettera era scritta su un tipo di carta che si trovava solo all'estero e con una grafia decisa e caratteristica.

Villa Geneviève
Merlinville-sur-Mer
Francia

Egregio signore,
ho bisogno dell'opera di un detective e, per motivi che vi spiegherò in seguito, non desidero rivolgermi alla polizia. Ho sentito parlare molto di voi e della vostra straordinaria capacità di discrezione. Non voglio dilungarmi in dettagli per lettera, ma, per via di un segreto di cui sono a conoscenza, ogni giorno temo per la mia vita. Sono convinto che il pericolo sia imminente e di conseguenza vi prego di partire per la Francia senza indugi. Manderò una macchina a Calais a prendervi, se mi telegraferete l'ora dell'arrivo. Vi sarei anche molto grato se lasciaste perdere tutti i casi cui state lavorando in questo momento per dedicarvi soltanto al mio. Per questo sono disposto a pagare un compenso adeguato. È probabile che io abbia bisogno del vostro aiuto per un lungo periodo di tempo e forse sarà anche necessario che vi rechiate a Santiago, dove ho trascorso tanti anni della mia vita. Stabilirete voi la cifra del compenso. Confermandovi una volta di più che si tratta di questione urgente

vostro P.T. Renauld

Sotto la firma, a mano, erano state vergate in fretta alcune parole: "Per l'amor di Dio, venite!".

Restituii la lettera a Poirot col cuore che batteva più in fretta.

— Finalmente! — dissi. — Ecco qualcosa di straordinario!

— Sì, infatti — rispose pensieroso il mio amico.

— Andrete, vero?

Poirot annuì. Stava pensando. Poi sembrò prendere una decisione e guardò l'orologio. Il suo viso era molto serio.

— Amico mio, non c'è tempo da perdere. Il rapido per il continente parte alle undici dalla stazione Vittoria. Non agitatevi, possiamo permetterci di perdere dieci minuti per discuterne. Voi mi accompagnerete, *n'est-ce pas*?

— Be'...

— Mi avete detto che in ufficio non avranno bisogno di voi per alcune settimane.

— Sì, certo, ma questo signor Renauld fa chiaramente capire che si tratta di una faccenda molto privata.

— Me la vedrò io col signor Renauld. A proposito, questo nome l'ho già sentito.

— C'e un noto miliardario sud-americano che si chiama Renauld. Non so se sia lui.

— Senza dubbio. Infatti parla di Santiago. Santiago è in Cile e il Cile è in Sud America. Ah, facciamo progressi!

— Poirot — dissi mentre dentro di me cresceva la tensione —. qui sento puzza di quattrini. Se ce la facciamo, ci guadagneremo una fortuna.

— Non siatene troppo sicuro, amico mio. Un ricco non si separa tanto facilmente dai suoi soldi. Ho visto un miliardario fermare il traffico per cercare una monetina che gli era caduta.

Aveva ragione.

— Ad ogni modo — continuò Poirot — non sono solo i soldi che mi attraggono in questo caso. Certo, sarà piacevole avere *carte blanche* nelle indagini. Almeno saremo sicuri di non perdere del tempo, ma c'è qualcosa di bizzarro in questo problema che suscita il mio interesse. Avete notato il post-scriptum? Che cosa ne pensate?

— Be', probabilmente lui ha scritto la lettera cercando di mantenere la calma e poi, alla fine, ha perso il controllo e ha scarabocchiato quelle parole disperate.

Poirot scosse il capo energicamente.

— Siete in errore. Non avete notato che l'inchiostro della firma è quasi nero mentre quello del post-scriptum è più pallido?

— E allora? — domandai incuriosito.

— *Mon Dieu, mon ami*, usate le cellule grigie. Non è ovvio? Il signor Renauld ha scritto la lettera. Poi l'ha riletta con attenzione senza asciugarla. Quindi, non per un impulso spontaneo del momento, ma *deliberatamente* ha aggiunto quelle parole e infine l'ha asciugata.

— Ma perché?

— *Parbleu!* Perché avesse su di me proprio lo stesso effetto che ha avuto su di voi.

— Cosa?

— *Mais oui*... per essere sicuro che io andassi. Ha riletto la lettera e probabilmente ha pensato che non fosse abbastanza efficace. — Fece una pausa. Gli occhi verdi mandavano guizzi, sintomi precisi di grande eccitazione. — E così, amico mio — aggiunse — dal momento che quella frase è stata aggiunta non per assecondare un impulso ma con calma, a sangue freddo, dobbiamo fare in fretta e andare da lui il più presto possibile.

— Merlinville — feci pensieroso. — Ne ho sentito parlare.

Poirot annuì.

— È un posticino tranquillo ma elegante, tra Boulogne e Calais. Sta diventando di moda. Ci vanno gli inglesi ricchi che vogliono stare in pace. Il signor Renauld ha una casa anche in Inghilterra, suppongo?

— Sì, a Rutland Gate, se ricordo bene. E anche una grossa proprietà terriera nell'Hertforshire. Ma non so gran che di lui. Non fa vita mondana. Credo che abbia grossissimi interessi in Sud America, nella City e che sia vissuto per tanti anni in Cile e in Argentina.

— Be', sapremo i dettagli da Renauld stesso. Forza, facciamo le valigie. Una per uno ci basterà. Poi chiamiamo un taxi per farci portare alla stazione Vittoria.

— E la contessa? — domandai con un sorriso malizioso.

— Ah! *Je m'en fiche!* Senz'altro non si tratta di un problema interessante.

— Come fate a esserne sicuro?

— Perché altrimenti sarebbe venuta, non si sarebbe limitata a scrivere. Una donna non sa aspettare... ricordatevelo sempre, Hastings.

Alle undici lasciammo la stazione Vittoria, diretti a Dover. Prima della partenza, Poirot aveva mandato un telegramma a Renauld per comunicargli l'orario del nostro arrivo a Calais.

— Mi sembra strano che non abbiate buttato un po' di soldi in qualche medicina contro il mal di mare — osservai.

Il mio amico, che continuava a scrutare ansiosamente il cielo, mi guardò con aria di rimprovero.

— Avete forse dimenticato il metodo infallibile di Laverguier? Io lo metto sempre in pratica. Bisogna trovare l'equilibrio sulle gambe, girare la testa da sinistra a destra, inspirando e respirando profondamente, contando fino a sei tra un respiro e l'altro.

— Già — mormorai. — Avrete un bel contare fino a sei quando andrete a Santiago o Buenos Aires o in chissà quale altro posto del Sud America.

— *Quelle idée!* Non penserete davvero che io vada a Santiago?

— Be', il signor Renauld nella lettera lo dice chiaramente.

— Non conosce i metodi di Hercule Poirot. Io non mi agito mai, non attraverso oceani e continenti, non corro avanti e indietro. Il mio lavoro si svolge all'interno... qui... — e si toccò la fronte.

Come al solito, questa osservazione ebbe il potere di risvegliare le mie capacità dialettiche.

— È giusto, Poirot — dissi — ma temo che disprezziate

troppo certi metodi. Più di una volta le impronte digitali hanno portato alla cattura di un assassino.

— E senza dubbio hanno anche condannato a morte più di un innocente — rispose Poirot asciutto.

— Ma non potete negare completamente l'importanza dello studio delle impronte digitali, delle orme dei piedi, della cenere di sigaretta... e tante altre cose che richiedono l'analisi minuta dei dettagli.

— Certo, io non l'ho mai negato. Senza dubbio sono utili anche l'attento osservatore o l'esperto. Ma gli altri, gli Hercule Poirot, sono al di sopra degli esperti. È per loro che gli esperti raccolgono dati e fatti; il lavoro dei Poirot, invece, è la metodologia del crimine, la deduzione logica, la sequenza degli avvenimenti e soprattutto l'aspetto psicologico del caso in esame. Avete mai partecipato a una caccia alla volpe?

— Sì, qualche volta — dissi piuttosto sconcertato da questo brusco cambiamento di soggetto. — Perché?

— *Eh, bien*, per la caccia alla volpe occorrono i cani, no?

— Certo.

— Ma non sono i cacciatori a scendere da cavallo e ad andare ad annusare il terreno.

Risi e Poirot assunse un'aria molto soddisfatta.

— E allora... lasciamo il lavoro dei cani ai cani! E non potete pretendere che io, Hercule Poirot, mi renda ridicolo mettendomi in ginocchio, magari anche sull'erba umida, per studiare ipotetiche orme o raccogliendo cenere di sigaretta. No. Ricordate il mistero de "L'Espresso per Plymouth"? Il buon Japp si era messo a esaminare tutta la linea ferroviaria. Quando è tornato, io, senza essermi mosso dal mio appartamento, gli ho detto esattamente quello che lui aveva scoperto.

— Per cui siete convinto che Japp abbia perso del tempo.

— Affatto, dal momento che le prove da lui raccolte confermavano la mia teoria. Ma *io* avrei perso del tempo se fossi andato. Lo stesso discorso vale per i cosiddetti esperti. Ricordate la testimonianza della calligrafia nel caso di Styles Court? L'accusa durante un interrogatorio dimostra la rassomiglianza, la difesa dimostra la diversità. Tutti parlavano con termini tecnici. E la conclusione? La conoscevamo già fin dall'inizio. La grafia era molto simile a quella di John Cavendish. E la mentalità psicologica si trova davanti alla domanda: "Come mai?". Perché è veramente la sua? O perché voleva che noi così pensassimo? Io ho risposto a quella domanda, *mon ami*, e la mia risposta era giusta.

Poirot, dopo avermi ridotto al silenzio, anche se non

del tutto convinto, si allungò soddisfatto sullo schienale.

Sul traghetto, evitai di disturbarlo. Il tempo era magnifico, il mare liscio come l'olio, per cui mi stupii non poco quando, prima dello sbarco a Calais, Poirot mi raggiunse e con un sorriso mi informò che il metodo Laverguier aveva funzionato ancora una volta. Appena sbarcati, provammo la prima delusione. Nessuna macchina era venuta a prenderci. Poirot pensò che forse il telegramma era arrivato in ritardo.

— Dal momento che abbiamo *carte blanche* — disse — prenderemo una macchina. — Pochi minuti dopo stavamo sobbalzando su una delle più sgangherate vetture in affitto, in direzione di Merlinville.

Io ero di un umore gioioso. — Che aria meravigliosa! — esclamai. — Questo viaggio è pieno di promesse.

— Per voi, forse. Ma io, alla fine del viaggio, dovrò lavorare.

— Bah... Scoprirete subito tutto, ridarete la tranquillità a questo signor Renauld, inchioderete il potenziale assassino e tutto finirà in un glorioso trionfo!

— Siete troppo sanguigno, amico mio.

— Sono certissimo del successo. Non siete forse l'unico e solo Hercule Poirot?

Il mio piccolo amico non abboccò. Mi osservò invece molto serio.

— Voi siete ciò che gli scozzesi definiscono *fey*, Hastings. Siete un presagio di disastri.

— Assurdo. Ad ogni modo voi non condividete i miei sentimenti.

— No, perché ho qualche timore.

— Timore di cosa?

— Non lo so... ma ho una premonizione... *je ne sais pas quoi*.

Era così serio che, nonostante il buon umore, dovetti credergli.

— Ho la sensazione — disse lentamente — che questa sarà una faccenda molto grossa... un problema complesso non facile da risolvere.

Avrei voluto fargli altre domande, ma stavamo entrando nella cittadina di Merlinville. Rallentammo e chiedemmo indicazioni per Villa Geneviève.

— Sempre diritto, *monsieur*, dovete attraversare la città. Villa Geneviève è a circa un chilometro dall'altra parte. Non potete sbagliare. È una villa enorme, sul mare.

Ringraziammo e proseguimmo, lasciandoci la città alle spalle. Arrivammo a una biforcazione e fummo costretti a fermarci una seconda volta. Un contadino stava venendo verso di noi e a lui chiedemmo nuove informazioni. C'era una villetta sul lato destro della strada, ma era troppo piccola e malandata per essere quella che cercavamo. Mentre aspettavamo il cancello di questa villa si aprì e uscì una ragazza.

Il nostro autista stava ancora parlando col contadino.

— Villa Geneviève? Un po' più avanti su questa strada, a destra, subito dopo quella curva.

L'autista lo ringraziò e si avviò di nuovo. Io non riuscivo a togliere lo sguardo da quella ragazza che, immobile, appoggiata al cancello, ci osservava fissa. Sono sempre stato un grande ammiratore della bellezza e nessuno avrebbe potuto passare accanto a quella ragazza senza notarla. Molto alta, un corpo perfetto, i capelli biondi che brillavano nel sole: era una delle più belle ragazze che avessi mai visto.

— Per Giove, Poirot! — esclamai — avete visto quella dea?

Poirot sollevò le sopracciglia.

— *Ça commence!* — mormorò. — Avete già visto una dea!

— Non lo era forse?

— Può darsi, non l'ho notato.

— Ma non l'avete vista?

— *Mon ami*, è difficile che due persone vedano la stessa cosa. Voi, per esempio, avete visto una dea. Io... — esitò.

— Voi?

— Io ho visto soltanto una ragazza con gli occhi inquieti — concluse serio.

Eravamo arrivati davanti a un grande cancello verde ed entrambi sobbalzammo. Davanti al cancello c'era un imponente *sergent de ville*. Sollevò una mano in gesto imperioso.

— Vietato l'ingresso, signori.

— Ma noi dobbiamo vedere il signor Renauld — gridai. — Abbiamo un appuntamento. Questa è la sua villa, no?

— Sì, signore, ma...

Poirot si protese in avanti. — Ma che cosa?

— Il signor Renauld è stato assassinato questa mattina.

III
Villa Geneviève

Poirot con un balzo felino scese dalla macchina, gli occhi che mandavano strani bagliori. Afferrò l'uomo per un braccio.

— Che avete detto? Assassinato? Quando? Come?

L'agente si irrigidì.

— Non posso rispondere a nessuna domanda, *monsieur*.

— Capisco. — Poirot si mise a riflettere. — Il commissario di polizia è dentro, vero?

— Sì, *monsieur*.

Poirot prese dalla tasca un biglietto da visita e rapidamente vi scarabocchiò alcune parole.

— *Voilà!* Abbiate la compiacenza di far avere immediatamente questo biglietto al commissario.

L'uomo lo prese, girò la testa ed emise un lungo fischio. Alcuni minuti dopo arrivò un secondo agente al quale venne consegnato il messaggio. Seguì un'attesa di alcuni minuti e infine un individuo basso e tarchiato, con grandi baffi, si avvicinò al cancello. L'agente lo salutò militarmente e si fece da parte.

— Mio caro Poirot — esclamò il nuovo arrivato. — Che piacere vedervi! Il vostro arrivo è più che opportuno.

Il viso di Poirot si illuminò.

— Bex! Ma che gioia! — Si voltò verso di me. — Questo è un mio amico inglese, il capitano Hastings... Lucien Bex.

Il commissario ed io ci scambiammo un inchino, poi Bex si rivolse di nuovo a Poirot.

— *Mon vieux*, non vi vedo dal 1909, quando eravamo a Ostenda. Mi hanno detto che avete lasciato la polizia.

— Infatti. Svolgo attività privata a Londra.

— E dite di avere qualche informazione che potrebbe esserci utile.

— Forse la sapete già. Sapevate che ero stato chiamato qui?

— No, da chi?

— Dall'uomo assassinato. Temeva che la sua vita fosse in pericolo. Purtroppo mi ha chiamato tardi.

— *Sacré tonnerre!* — sbottò il francese. — Quindi prevedeva il suo assassinio? Questo sconvolge tutte le teorie. Ma, entrate!

Tenne aperto il cancello e ci incamminammo verso la casa.

— Il giudice istruttore — spiegò il signor Bex — il signor Hautet, deve saperlo subito. Ha appena finito di esaminare la scena del delitto e sta cominciando gli interrogatori. Un uomo affascinante. Vi piacerà. È anche molto comprensivo. Originale nei metodi, ma un ottimo giudice.

— Quando è stato commesso il crimine? — domandò Poirot.

— Il cadavere è stato scoperto stamattina alle nove. In base alla testimonianza della signora Renauld e dei medici si presume che la morte possa essersi verificata verso le due. Ma entrate, vi prego.

Arrivammo alla breve scalinata che portava al portone d'ingresso della villa. Nella hall era seduto un altro agente. Scattò in piedi alla vista del commissario.

— Dov'è il signor Hautet? — domandò Bex.

— Nel salone, signore.

Bex aprì un uscio che si trovava sul lato sinistro della hall ed entrammo. Il signor Hautet e il suo cancelliere erano seduti a un grande tavolo rotondo. Appena entrammo sollevarono lo sguardo. Il commissario ci presentò e spiegò il motivo della nostra presenza.

Il signor Hautet, il giudice istruttore, era un uomo alto e magro, aveva occhi scuri e penetranti, una barbetta grigia che continuava ad accarezzare mentre parlava. In piedi, accanto al caminetto, c'era un uomo anziano, le spalle un po' curve, che ci venne presentato come il dottor Durand.

— Straordinario — disse Hautet dopo che Bex smise di parlare. — Avete con voi quella lettera, *monsieur*?

Poirot gliela porse e il magistrato la lesse.

— Hmmm... parla di un segreto. Peccato che non sia stato più esplicito. Vi siamo molto grati, signor Poirot. Spero che vorrete farci l'onore di assisterci nelle indagini. O dovete tornare a Londra?

— No, ho intenzione di rimanere. Non sono arrivato in tempo per impedire l'assassinio del mio cliente, ma mi sento comunque impegnato a scoprire chi l'ha ucciso.

Il magistrato fece un inchino.

— Questi sentimenti vi fanno onore. Inoltre, senza dubbio, madame Renauld desidererà servirsi della vostra collaborazione. Stiamo aspettando *monsieur* Giraud delle Sûreté di Parigi. Arriverà da un momento all'altro. Sono certo che voi due vi sarete molto utili reciprocamente. Intanto, mi auguro che mi farete l'onore di assistere ai miei interrogatori. Non occorre aggiungere che siamo a vostra disposizione per qualsiasi cosa abbiate bisogno.

— Vi ringrazio, *monsieur*. Per ora sono totalmente all'oscuro di tutto, non so nulla di nulla.

Il signor Hautet fece un cenno al commissario Bex, il quale cominciò a raccontare.

— Stamattina, Françoise, la vecchia domestica, mentre scendeva per iniziare i suoi lavori, ha visto che il portone d'ingresso era aperto. Ha subito pensato ai ladri e ha guardato in sala da pranzo ma, vedendo che tutta l'argenteria era al suo posto, si è tranquillizzata e ha pensato che il padrone fosse uscito per una passeggiata mattutina.

— Scusate se vi interrompo, *monsieur*, ma era solito fare passeggiate mattutine?

— No... proprio no, ma la vecchia Françoise è convinta che gli inglesi siano... un po' pazzi e che quindi possono fare le cose più stravaganti. Poco dopo, la cameriera più giovane, Léonie, è andata a svegliare la sua padrona, come al solito, e l'ha trovata legata e imbavagliata. Nello stesso momento veniva scoperto il corpo del signor Renauld. Era stato pugnalato nella schiena.

— Dove?

— Questo è uno dei particolari più strani... Signor Poirot, il corpo giaceva, a faccia in giù, in una *tomba scoperta*!

— Cosa?

— Sì. La fossa era stata scavata di fresco... a pochi metri oltre il recinto della villa.

— E da quanto tempo era morto?

— Ho esaminato il cadavere stamattina alle dieci — rispose il dottor Durand. — La morte doveva essere avvenuta sette-dieci ore prima.

— Hmmm... quindi tra mezzanotte e le tre?

— Esattamente. La testimonianza della signora Renauld ci consente di essere un po' più precisi e ci farebbe pensare alle due di notte. La morte dev'essere stata istantanea e naturalmente non si può certo parlare di suicidio.

Poirot annuì e il commissario riprese a parlare.

— Françoise ha liberato subito la signora Renauld dai bavagli e dalle corde. La signora si trovava in un estremo stato di prostrazione, era quasi priva di conoscenza. Pare che due uomini mascherati siano entrati in camera da letto, l'abbiano legata e imbavagliata e poi abbiano portato via il signor Renauld. Questo lo abbiamo appreso dalla servitù. Sentendo questa notizia la signora è entrata in uno stato di agitazione allarmante. Il dottor Durand, appena arrivato, le ha somministrato un sedativo per cui ancora non abbiamo potuto interrogarla. Ma senza dubbio si sveglierà più calma e in grado di reggere lo stress dell'interrogatorio. — Il commissario fece una pausa.

— Chi altro c'è nella casa, *monsieur*? — domandò Poirot.

— Allora, oltre alla vecchia Françoise, la governante, che era stata per anni alle dipendenze dei precedenti proprietari della villa, ci sono due ragazze, due sorelle, Denise e Léonie

Oulard. Abitano a Merlinville e la loro è una famiglia rispettabilissima. Poi c'è un autista che il signor Renauld ha portato con sé dall'Inghilterra, ma ora si trova in vacanza. Infine la signora Renauld e suo figlio Jack. Però anche lui è via.

Poirot ringraziò.

— Marchaud! — chiamò Hautet.

Arrivò il *sergent de ville*.

— Fate entrare la governante Françoise.

L'uomo salutò e scomparve. Poco dopo tornò scortando una atterrita Françoise.

— Il vostro nome è Françoise Arrichet?

— Sì, signore.

— Siete a servizio a villa Geneviève da molto tempo, vero?

— Undici anni con la signora viscontessa. Poi quando lei ha venduto la villa, questa primavera, ho accettato di rimanere con il signore inglese. Mai avrei immaginato...

Il giudice la interruppe.

— Certo, certo. Ora, Françoise, questa faccenda del portone di ingresso aperto... chi si incarica di chiuderlo la sera?

— Io, signore. L'ho sempre fatto io.

— E ieri sera?

— L'ho chiuso come al solito.

— Ne siete proprio certa?

— Lo giuro sui santi, signore.

— Che ora era?

— Sempre la stessa, signore, dieci e mezzo.

— E gli altri abitanti della casa erano già andati a letto?

— *Madame* si era ritirata poco prima. Denise e Léonie sono salite con me. *Monsieur* era ancora nel suo studio.

— Quindi se qualcuno ha aperto il portone più tardi, non può essere stato che il signor Renauld stesso?

Françoise si strinse nelle spalle.

— E perché avrebbe dovuto farlo? Con ladri e assassini che circolano liberamente! Che bella idea! *Monsieur* non era un imbecille. *Cette dame* se ne era già andata...

Il giudice sobbalzò. — *Cette dame*? Ma quale signora?

— Diamine, la signora che era venuta a trovarlo.

— Ieri sera è venuta una signora a trovarlo?

— Ma sì, signore, come tante altre sere.

— Chi è? La conoscete?

Il viso della donna assunse un'espressione furba.

— E come potrei sapere chi è? — sogghignò. — Ieri sera non sono stata io a farla entrare.

— Ah! — tuonò il giudice, battendo forte un pugno sul

tavolo. — Volete prendere in giro la polizia? Io esigo che voi mi diciate subito il nome della donna che la sera veniva a far visita al signor Renauld.

— La polizia... la polizia — brontolò Françoise. — Non avrei mai immaginato di aver a che fare con la polizia... So benissimo chi è, è *madame* Daubreuil.

Il commissario si lasciò sfuggire una esclamazione e si chinò in avanti, piuttosto meravigliato.

— *Madame* Daubreuil... della Villa Marguerite, in fondo alla strada?

— È ciò che ho detto, signore. Oh, è molto bella, *celle là*...

— *Madame* Daubreuil... impossibile — mormorò il commissario.

— Ecco cosa si ottiene a dire la verità — brontolò Françoise.

Il giudice cercò di calmarla. — Siamo soltanto sorpresi, ecco tutto. Allora *madame* Daubreuil e *monsieur* Renauld erano... — fece una pausa... — Vero? Si tratta di questo, no?

— E come potrei saperlo, io? Ma cosa volete da me? *Monsieur* era un signore inglese, molto ricco e *madame* Daubreuil è molto povera ma *très chic* e vive tranquilla con la figlia. Certo, avrà avuto la sua vita, non è più tanto giovane ma vi giuro ho visto molti uomini voltarsi a guardarla per la strada. Ultimamente poi sembrava che avesse più soldi da spendere... lo sa tutta la città. Le piccole economie sembravano finite... — E Françoise scosse il capo con un'aria di assoluta certezza.

Il signor Hautet si accarezzò lentamente la barba.

— E *madame* Renauld? — domandò. — Come prendeva questa... amicizia?

Françoise si strinse ancora nelle spalle.

— Era sempre molto amabile... molto gentile. Si poteva pensare che non sospettasse niente. Eppure il cuore soffre, non è vero, signore? Giorno dopo giorno ho visto *madame* diventare sempre più pallida e sempre più magra. Non era più la stessa donna di quando era arrivata qui un mese fa. Anche *monsieur* era cambiato. Lui certo aveva le sue preoccupazioni... ma si vedeva benissimo che era sull'orlo di un esaurimento nervoso. Per forza, con una storia simile in ballo! Nessuna reticenza, nessuna discrezione. *Style anglais*, senza dubbio.

Ero indignato, ma il giudice continuò imperterrito il suo interrogatorio.

— Avete detto che il signor Renauld non ha dovuto accompagnare fuori la signora Daubreuil, perché lei se ne era già andata quando voi avete chiuso il portone?

— Sì, signore. Li ho sentiti uscire dallo studio, *monsieur* ha augurato la buonanotte alla signora e poi ha chiuso la porta.

— Che ora era?

— Le dieci e venticinque, *monsieur*.

— E quando il signor Renauld è andato a letto?

— L'ho sentito salire una decina di minuti dopo di me. Quella scala scricchiola e si sente sempre quando qualcuno sale o scende.

— E non avete sentito nessun altro rumore durante la notte?

— Proprio nessuno, signore.

— Questa mattina, chi è sceso per primo?

— Io, signore e ho visto subito il portone aperto.

— E le finestre del pianterreno, erano tutte chiuse?

— Tutte. Non c'era niente di sospetto o di fuori posto.

— Bene, Françoise, potete andare.

La vecchia governante si avviò verso la porta. Prima di uscire si voltò. — Vi dirò una cosa, *monsieur*. Quella *madame* Daubreuil è una donna cattiva. Credetemi, tra donne ci si capisce. È cattiva. Ricordatevelo. — E scuotendo il capo se ne andò.

— Léonie Oulard — chiamò il giudice.

Arrivò Léonie, sciolta in lacrime e sull'orlo dell'isteria. Il signor Hautet fu molto abile nel trattarla. Era stata lei a scoprire la sua padrona legata e imbavagliata e ne fece un resoconto dai toni melodrammatici. Anche lei, però, come Françoise, non aveva sentito nulla durante la notte.

Venne poi interrogata sua sorella Denise. Convenne sul fatto che il suo padrone negli ultimi tempi era cambiato molto.

— Diventava ogni giorno più tetro e malinconico. Mangiava poco. Era sempre depresso. — Denise aveva già formulato una sua teoria. — Senza dubbio aveva la Mafia alle costole! Due uomini mascherati… e chi altro poteva essere? Una banda terribile, quella!

— Sì, certo, è possibile — disse indulgente il magistrato. — Adesso ditemi, siete stata voi a far entrare *madame* Daubreuil ieri sera?

— Non ieri sera, signore, ma l'altro ieri sera.

— Ma Françoise ci ha appena detto che *madame* Daubreuil è stata qui ieri sera.

— No, signore. Ieri sera è venuta sì una signora a trovare il signor Renauld, ma non era *madame* Daubreuil.

Sorpreso, il magistrato insistette ma la ragazza era sicurissima. Conosceva benissimo *madame* Daubreuil. Anche questa signora era bruna, ma più bassa di statura e molto più giovane.

— L'avevate già vista prima?

— Mai, signore. E inoltre penso che sia inglese — concluse poi.

— Inglese?

— Sì, signore. Ha chiesto del signor Renauld in un ottimo francese ma l'accento è inconfondibile, *n'est-ce pas*? E poi quando sono usciti dallo studio parlavano inglese.

— Siete riuscita a capire quello che dicevano?

— Io conosco l'inglese molto bene — rispose Denise con orgoglio. — La signora parlava troppo in fretta e non sono riuscita ad afferrare le parole ma ho sentito l'ultima frase del signor Renauld mentre apriva la porta. — Fece una pausa d'effetto e poi citò: — "Sì, sì, ma per l'amor del cielo, andatevene...".

Anche Denise fu congedata e venne richiamata Françoise. Il giudice le chiese se non si era sbagliata sulla sera in cui era venuta a far visita la signora Daubreuil. Françoise fu irremovibile. *Madame* Daubreuil era venuta la sera prima. Ed era lei al di là di ogni dubbio. Denise aveva forse inventato tutto per rendersi interessante. Sul fatto poi che sapesse l'inglese... il signor Renauld probabilmente non aveva mai pronunciato quella frase e anche se l'avesse fatto, non dimostrava nulla perché anche *madame* Daubreuil parlava un inglese perfetto e di solito usava quella lingua coi signori Renauld. — Il signor Jack – aggiunse – il figlio di *monsieur*, di solito sta qui e parla malissimo il francese.

Il magistrato non insistette. Si informò invece sull'autista e seppe che soltanto il giorno prima, il signor Renauld aveva detto che la macchina non gli serviva e che Masters poteva prendersi una vacanza.

Poirot assunse un'espressione molto perplessa.

— Cosa c'è? — domandai.

Lui scosse la testa impaziente e fece una domanda: — Scusate, signor Bex, ma senza dubbio il signor Renauld sapeva guidare.

Bex guardò Françoise e la donna rispose pronta: — No, *monsieur* non guidava.

La ruga sulla fronte di Poirot si fece più profonda. — Perché non mi dite quello che vi preoccupa? — feci impaziente.

— Ma possibile che non lo capiate? Nella lettera il signor Renauld mi dice che avrebbe mandato la macchina a prendermi a Calais.

— Forse pensava a una macchina pubblica — ipotizzai.

— Può darsi, ma perché servirsi di una macchina pubblica quando se ne ha una con tanto di autista? Perché mandare proprio ieri l'autista in vacanza? Di punto in bianco, poi... Voleva forse, per una ragione qualsiasi, che quell'uomo fosse lontano al momento del nostro arrivo?

IV
La lettera firmata "Bella"

Françoise se n'era andata e il giudice tamburellava pensieroso con le dita sul tavolo.

— Signor Bex — disse infine — abbiamo due testimonianze contraddittorie. A chi dobbiamo credere?

— A Denise — rispose senza esitazioni Bex. — È stata lei a far entrare la visitatrice. Françoise è vecchia e ostinata e inoltre ha preso in antipatia *madame* Daubreuil. D'altronde, anche noi sappiamo che Renauld aveva relazione con un'altra donna...

— *Tiens!* — esclamò il signor Hautet. Frugò fra le carte sparse sul tavolo e alla fine porse una lettera al mio amico. — Signor Poirot, abbiamo trovato questa lettera nella tasca del soprabito del signor Renauld.

Poirot prese la lettera: era tutta stropicciata, scritta in inglese con una grafia piuttosto rozza.

> Mio adorato,
>
> è tanto tempo che non mi scrivi. Perché? Mi ami ancora, non è vero? Le tue ultime lettere erano così diverse dalle solite, fredde, strane e adesso questo lungo silenzio. Ho paura. Se tu non mi amassi più? Ma è impossibile... sono una bambina sciocca, lo so... non faccio che immaginarmi le cose. Ma se davvero tu avessi smesso di amarmi, non saprei cosa fare. Forse mi ucciderei! Non posso vivere senza di te. A volte temo che ci sia di mezzo un'altra donna. Dille di stare attenta e stai attento anche tu! Preferirei ucciderti piuttosto che lasciarti a un'altra. E sto parlando sul serio.
>
> Sto scrivendo delle sciocchezze... scusami. Tu mi ami e io ti amo, sì, ti amo, ti amo, ti amo! Tua per sempre
>
> Bella

Non c'era né indirizzo né data. Poirot restituì serio la lettera.

— Signor giudice, cosa ne deducete?

Il magistrato si strinse nelle spalle. — È ovvio che il signor Renauld fosse invischiato con questa inglese... Bella. Poi viene ad abitare qui, conosce *madame* Daubreuil e inizia una relazione con lei. Con l'altra si dimostra freddo e la donna comincia a sospettare qualcosa. Signor Poirot, in questa lettera c'è una precisa minaccia, e, a prima vista, questo caso sembrerebbe il più semplice del mondo. Gelosia! E il fatto che Renauld sia stato pugnalato alla schiena confermerebbe l'ipotesi di un assassino donna.

Poirot annuì. — La pugnalata alla schiena, forse... ma non la fossa! Scavare una fossa è un lavoro duro, faticoso... nessuna donna avrebbe potuto scavare quella fossa, *monsieur*. Quella è opera di un uomo.

— Certo, certo, avete ragione! Non ci avevamo pensato — ammise il commissario molto agitato.

— Come ho detto — continuò Hautet — a prima vista il caso sembrerebbe semplice, ma gli uomini mascherati e la lettera che avete ricevuto dal signor Renauld complicano la faccenda. Abbiamo una serie di circostanze completamente diverse, senza alcun nesso fra di loro. A proposito della lettera che avete ricevuto, Poirot, pensate che possa riferirsi a questa Bella e alle sue minacce?

Poirot scosse il capo. — Difficile. Un uomo come Renauld che ha avuto una vita tanto avventurosa non chiede di essere protetto contro una donna.

Il giudice annuì. — Anch'io sono dello stesso parere. Allora dobbiamo cercare la spiegazione di quella lettera...

— A Santiago — finì il commissario. — Telegrafo subito alla polizia di quella città e chiedo un resoconto particolareggiato sulla vita del morto, i suoi amori, i suoi affari, le sue amicizie e anche i suoi nemici. Sarebbe strano se, dopo tutto, non riuscissimo ad avere nemmeno un minimo indizio sul suo misterioso assassino.

Si guardò attorno in cerca di approvazione.

— Perfetto — fece Poirot.

— Anche la moglie potrebbe fornirci qualche indicazione — aggiunse il giudice.

— Non avete trovato altre lettere di questa Bella fra le carte del signor Renauld? — domandò Poirot.

— No. Abbiamo setacciato tutto lo studio, appena arrivati qui. Tra i documenti non abbiamo trovato nulla degno di interesse. Tutto perfetto. Tutto normale. L'unica cosa un po' curiosa è il testamento. Eccolo.

Poirot lo lesse attentamente.

— Dunque... un lascito di mille sterline al signor Stonor... chi è, a proposito? — domandò poi.

— È il segretario del signor Renauld. È rimasto in Inghilterra, ma è venuto qui un paio di volte per il week-end.

— E tutto il resto del patrimonio incondizionatamente alla moglie Eloise. Molto semplice nella stesura ma ineccepibile dal punto di vista legale. Come testimoni, due domestiche: Denise e Françoise. Anche questo del tutto normale. — Poirot restituì il documento.

— Forse — intervenne Bex — non avete notato...

— La data? — ammiccò Poirot. — Certo che l'ho notata. Quindici giorni fa. Forse quando Renauld ha avuto il primo avvertimento di pericolo. Molti uomini ricchi muoiono senza aver lasciato testamento perché non pensano mai alla morte. Ma è pericoloso tirare conclusioni premature. Questo documento comunque dimostra l'affetto e la stima che Renauld aveva per la moglie, nonostante le evasioni che si concedeva...

— Già — fece Hautet dubbioso. — Ma comunque è sleale nei confronti del figlio dal momento che questo figlio dovrà interamente dipendere dalla madre. Se lei dovesse risposarsi, e se il secondo marito dovesse avere molto ascendente su di lei, questo ragazzo correrebbe il rischio di non vedere nemmeno un penny di suo padre.

Poirot si strinse nelle spalle.

— L'uomo è un animale vanitoso. Senza dubbio il signor Renauld era convinto che la moglie non si sarebbe mai più risposata. In quanto al figlio, potrebbe essere una precauzione saggia lasciare il denaro nelle mani della madre. È risaputo che i figli dei ricchi sperperano.

— Forse avete ragione. Ora, signor Poirot, penso che vogliate vedere la scena del delitto. Mi spiace che il corpo sia già stato rimosso, ma abbiamo preso fotografie da ogni possibile angolatura e le metterò a vostra disposizione non appena saranno disponibili.

— Vi ringrazio, signore, per la vostra cortesia.

Il commissario si alzò.

— Signori, se volete seguirmi...

Aprì la porta, si chinò per lasciar passare Poirot il quale a sua volta, con pari senso cavalleresco, si ritrasse e fece un inchino.

— *Monsieur*...

— *Monsieur*...

Finalmente arrivarono nell'atrio.

— Quella stanza è lo studio, vero? — domandò Poirot, indicando un uscio sul lato opposto.

— Sì, desiderate vederlo?

Entrarono.

La stanza che il signor Renauld aveva scelto come studio era piccola, ma arredata con molto gusto e comfort. Davanti alla finestra, una grossa scrivania, con tanti scomparti. Ai lati del caminetto, due enormi poltrone di cuoio e in mezzo un tavolino rotondo zeppo di libri e riviste. Due pareti erano interamente ricoperte da scaffali di libri e, all'estremità della stanza, sul lato opposto della finestra, c'era una bella credenza di legno di quercia con un portabottiglie sopra. Tende e tappeti erano di tonalità verde.

Poirot passò leggermente una mano sullo schienale delle poltrone, poi prese una rivista dal tavolino e infine fece scorrere un dito sulla superficie della credenza. Aveva un'espressione molto soddisfatta.

— Niente polvere? — domandai con un sorriso, conoscendo le sue manie per la pulizia.

Mi guardò radioso.

— Neanche un granello, *mon ami*! E, per una volta, devo dire che è un peccato.

Intanto i suoi occhi frugavano la stanza.

— Ah — esclamò all'improvviso con un tono di sollievo. — Il tappeto davanti al caminetto è un po' storto — e si chinò per rimetterlo a posto.

Si alzò di scatto. Teneva in mano un minuscolo pezzetto di carta.

— In Francia, come in Inghilterra — disse — i domestici non puliscono mai sotto i tappeti.

Bex prese in mano il piccolo frammento e anch'io mi avvicinai per esaminarlo.

— Lo riconoscete, Hastings?

Scossi il capo, perplesso... eppure quel color rosa chiaro della carta mi era in qualche modo familiare.

I processi mentali del commissario furono più veloci dei miei.

— Un pezzetto di un assegno — esclamò.

Vi si leggeva chiaramente, scritta a penna, la parola "Duveen".

— *Bien* — disse Bex. — Questo assegno era intestato a un certo Duveen, o firmato da lui.

— Penso più probabile la prima ipotesi — disse Poirot — perché se non mi sbaglio la grafia è quella di Renauld.

E confermò la sua tesi, confrontando la scritta sull'assegno con alcuni appunti contenuti in un'agenda che si trovava sulla scrivania.

— Non capisco — mormorò il commissario avvilito — come ha fatto a sfuggirmi questo particolare.

Poirot rise.

— Morale della storia: guardare sempre anche sotto i tappeti. Il mio amico Hastings potrà dirvi come soffra a veder le cose fuori posto. Non appena mi sono accorto che il tappeto era un po' di sghimbescio mi sono detto: "*Tiens*. La gamba della sedia è rimasta impigliata mentre la tiravano indietro! Forse c'è qualcosa sotto che la brava Françoise non ha visto!".

— Françoise?

— O Denise o Léonie! Chiunque abbia fatto le pulizie in questa stanza. Dal momento che non c'è un granello di polvere, la stanza dev'essere stata pulita stamattina. Potrei ricostruire l'incidente in questo modo. Ieri, forse ieri sera, il signor Renauld ha firmato un assegno all'ordine di un certo Duveen. Poi lo ha stracciato e ha buttato i pezzetti sul pavimento. Questa mattina...

Ma il signor Bex stava già suonando il campanello.

Arrivò subito Françoise. Sì, rispose, c'erano tanti pezzettini di carta sul pavimento. Che cosa ne aveva fatto? Li aveva buttati nella stufa in cucina, naturalmente. Dove se no?

Con un gesto di disperazione, Bex la congedò. Poi corse alla scrivania e si mise a controllare le matrici dei libretti degli assegni. L'ultima matrice era in bianco.

— Coraggio! — lo consolò Poirot. — Forse la signora Renauld ci dirà chi è il misterioso Duveen.

— Speriamo.

Prima di uscire dalla stanza Poirot disse, con studiata indifferenza: — È qui che il signor Renauld ha ricevuto la sua ospite ieri sera!

— Sì, ma come fate a saperlo?

— Per questo! L'ho trovato sulla spalliera della poltrona. — Sollevò la mano. Tra le dita teneva un lungo capello nero, un capello di donna.

Il signor Bex ci guidò attraverso la porta di servizio sul retro della casa e ci condusse a una piccola rimessa, addossata alla casa stessa. Si tolse di tasca una chiave e aprì la porta.

— Il corpo è qui. Lo abbiamo trasferito poco prima del vostro arrivo, dopo che i fotografi avevano finito.

Entrammo. L'uomo ucciso giaceva sul pavimento ed era stato coperto da un lenzuolo, che il signor Bex tolse con un gesto rapido. Renauld era di media statura, snello e esile nella figura. Doveva avere circa cinquant'anni e i capelli neri erano striati di grigio. Aveva un naso lungo e sottile, gli occhi piuttosto ravvicinati, la pelle abbronzata, come quella di un uomo che ha trascorso gran parte della vita sotto cieli tropicali. Sul viso livido si era impressa, per sempre, un'espressione di terrore e stupore insieme.

— È chiaro dalla sua espressione che è stato pugnalato alla schiena — osservò Poirot.

Lentamente voltò il cadavere. Sulla schiena, proprio tra le scapole, una macchia rotonda e scura sporcava la giacca chiara. La stoffa era lacerata. Poirot si chinò ad esaminare la ferita.

— Avete un'idea di che arma sia stata usata? — domandò.

— È stata lasciata nella ferita. — Il commissario prese un grosso barattolo di vetro. Conteneva un oggetto che poteva sembrare un tagliacarte. Aveva il manico nero e una lama sottile. Non era più lungo di venti centimetri. Poirot provò la punta sul polpastrello delle dita.

— *Ma foi!* Com'è tagliente! Un aggeggino perfetto per un delitto.

— Purtroppo non ci sono impronte digitali — disse Bex un po' sconsolato. — L'assassino, molto probabilmente, portava i guanti.

— È ovvio — rispose Poirot un po' sprezzante. — Anche a Santiago sanno come si fa. Lo sanno persino i dilettanti, grazie alla pubblicità che la stampa ha fatto al sistema Bertillon. Però è interessante il fatto che non ci siano impronte. Sarebbe tanto semplice lasciare le impronte di un'altra persona per far felice la polizia! — Scosse il capo. — Temo che il nostro criminale non sia un individuo metodico... a meno che non gli sia mancato il tempo per esserlo. Vedremo.

Riportò il corpo nella posizione originale.

— Noto che sotto il soprabito indossava solo biancheria — osservò.

— Infatti. Il giudice trova molto strano questo particolare.

In quel momento bussarono alla porta. Bex andò ad aprire e si trovò di fronte Françoise. La donna cercò di sbirciare nella stanza.

— Cosa c'è? — domandò Bex impaziente.

— *Madame* mi manda a dire che si sente molto meglio e che può ricevere il giudice.

— Molto bene — rispose Bex. — Avvertite il signor Hautet e ditegli che veniamo subito.

Poirot indugiò un attimo e si chinò ancora una volta a osservare il corpo. Per un attimo ebbi paura che gli parlasse e dichiarasse a voce alta la sua determinazione a non lasciare il delitto impunito. Ma invece, quando parlò, lo fece in maniera timida, quasi goffa, e ciò che disse era di una tale banalità da sorprendermi.

— Però, che soprabito lungo portava!

V
La storia della signora Renauld

Hautet ci aspettava nella hall e tutti insieme salimmo le scale, preceduti da Françoise. Poirot salì a zig-zag, come se fosse ubriaco e poi mi sussurrò: — Non c'è da stupirsi se la servitù ha sentito il signor Renauld salire; questi gradini di legno scricchiolano così forte da svegliare i morti.

Uno stretto corridoio partiva dalla cima delle scale.

— Le camere della servitù — spiegò Bex.

Proseguimmo lungo un altro corridoio. Françoise bussò all'ultima porta sulla destra.

Una voce femminile disse — Avanti — e ci trovammo in una grande camera luminosa e piena di sole, dalla quale si dominava il mare, che scintillava azzurro a poche centinaia di metri di distanza.

Una donna alta, molto bella, era sdraiata su un divano e sostenuta da una pila di cuscini. Accanto a lei, il dottor Durand. La donna era di mezza età e i capelli, una volta neri, erano ormai quasi tutti striati d'argento, ma lei emanava una intensa forza interiore e una grande vitalità. Senza dubbio una personalità fuori del comune, una donna che i francesi definirebbero *une maîtresse femme*.

Ci accolse con un lieve cenno del capo, seria e dignitosa nel suo dolore.

— Prego, accomodatevi, signori.

Prendemmo delle sedie e il cancelliere si sistemò vicino a un tavolino rotondo.

— Spero, *madame* — cominciò Hautet — che non vi debba costare troppa fatica raccontarci ciò che è successo ieri sera?

— No, *monsieur*. Conosco il valore del tempo quando si tratta di scoprire delinquenti e assassini.

— Bene, *madame*. Forse vi stancherete meno se io vi faccio delle domande e se voi vi limiterete a rispondere. A che ora siete andata a letto ieri sera?

— Alle nove e mezzo. Ero molto stanca.

— E vostro marito?

— Più o meno un'ora dopo, credo.

— Vi è parso turbato... sconvolto?

— No, non più del solito.

— Poi cosa è successo?

— Dormivo e sono stata bruscamente svegliata dalla pressione di una mano sulla bocca. Ho cercato di urlare, ma la mano me lo impediva. C'erano due uomini nella stanza. Entrambi mascherati.

— Potete descriverli, *madame*?

— Uno era molto alto e aveva una lunga barba nera. L'altro era più basso, un po' tozzo, con la barba rossastra. Portavano entrambi un cappello calato sugli occhi.

— Hmmm — fece pensieroso il magistrato. — Troppe barbe, temo.

— Pensate che fossero finte?

— Sì, *madame*. Ma continuate.

— Chi mi teneva era quello basso. Mi ha infilato un bavaglio in bocca e poi mi ha legato mani e piedi con una corda. L'altro minacciava mio marito. Aveva preso il mio tagliacarte a forma di pugnale dal tavolino di toeletta e glielo teneva puntato contro il petto. Quando quello basso ha finito di legarmi si è avvicinato al compare e hanno costretto mio marito ad alzarsi. Poi l'hanno spinto nello spogliatoio, quella stanzetta attigua. Io stavo per svenire dalla paura, ma mi sforzavo di ascoltare ciò che dicevano. Parlavano in tono troppo basso perché potessi sentire tutto, ma ho riconosciuto la cadenza e una sorta di dialetto spagnolo che si parla in alcune zone del Sud America. Sembrava che esigessero qualcosa da mio marito e poi a un certo punto le voci si sono alzate, rabbiose. Penso che fosse quello alto a gridare. "Sai cosa vogliamo!" diceva. "*Il segreto!* Dov'è?" Non so cosa abbia risposto mio marito, ma ho sentito l'altro rispondere: "Bugiardo! Noi sappiamo che ce l'hai. Dove sono le tue chiavi?". Poi ho sentito rumori di cassetti che si aprivano e chiudevano con forza. C'è una cassaforte, incassata nella parete dello spogliatoio di mio marito e lui ci teneva sempre delle somme rilevanti. Léonie mi ha detto che la cassaforte è stata svaligiata e che si sono portati via tutti i soldi. Ma è chiaro che non hanno trovato quello che cercavano perché ho sentito l'uomo alto bestemmiare e ordinare a mio marito di vestirsi. Poco dopo credo che qualche rumore nella casa li abbia disturbati perché hanno spinto mio marito in camera ancora mezzo svestito.

— *Pardon* — intervenne Poirot. — Non c'è nessun'altra uscita dallo spogliatoio?

— No, signore, c'è solo questa porta. Allora, hanno spinto fuori mio marito. L'uomo alto gli teneva il pugnale puntato nella schiena. Paul ha tentato di avvicinarsi a me. Ho visto i suoi occhi agonizzanti. Si è rivolto ai due uomini. "Devo parlare con lei" ha detto. Poi si è avvicinato al letto. "Va tutto bene, Eloise" mi ha sussurrato. "Non aver paura. Tornerò prima di mattina." Riusciva a controllare la voce, ma io ho letto il terrore nel suo sguardo. Poi sono usciti, l'uomo alto che diceva: "Una sola parola e sei morto!". A questo punto credo di essere svenuta. Quando mi sono ripresa ho visto Léonie che mi massaggiava i polsi e mi dava del brandy.

— Madame Renauld — disse il magistrato. — Avete idea di cosa stessero cercando gli assassini?

— Nella maniera più assoluta, no.

— Vi risulta che vostro marito temesse qualcosa?

— Sì, avevo notato un cambiamento in lui.

— Da quando?

— Dieci giorni, circa.

— Non da più tempo?

— Può darsi, ma io l'ho notato solo da poco.

— E non avete chiesto a vostro marito cosa gli stesse succedendo?

— Una volta, ma mi ha risposto evasivamente. Tuttavia ero convinta che fosse in preda all'ansia. Però, dal momento che non voleva informarmi del perché, ho cercato di fingere di non essermi accorta di nulla.

— Sapevate che aveva chiesto aiuto a un investigatore?

— Un investigatore? — esclamò la signora Renauld, molto sorpresa.

— Sì... il qui presente Hercule Poirot. — Poirot fece un inchino. — È arrivato oggi. È partito da Londra subito dopo aver ricevuto una lettera da vostro marito. — Si tolse la lettera di tasca e la porse alla signora.

Lei lesse con genuino stupore.

— Non sapevo nulla. Evidentemente aveva capito di essere minacciato da un pericolo.

— Signora, ora vi pregherei di essere molto sincera con me. Durante gli anni che vostro marito ha trascorso in Sud

America è successo qualche incidente che potrebbe fare un po' di luce su questo delitto?

La signora Renauld non rispose subito. Meditò un po' e infine scosse il capo.

— No, non mi viene in mente niente. Certo, mio marito si era fatto molti nemici, gente sulla quale l'aveva spuntata, ma niente di più e non riesco a ricordare nulla di specifico. Con questo non escludo che possa essersi verificato qualche incidente, ma io non ne sono al corrente.

Il giudice si accarezzò la barba sconsolato.

— E questa notte, a che ora è avvenuta l'aggressione?

— Ricordo di aver sentito battere le due all'orologio sul caminetto. — Accennò a una sveglia da viaggio, in una custodia di cuoio, che si trovava al centro della mensola del camino.

Poirot si alzò, andò ad esaminare l'orologio da vicino e annuì soddisfatto.

— Guardate — esclamò Bex. — Qui c'è un orologio da polso, che gli assassini hanno fatto cadere dal tavolino da toeletta. Il vetro è ridotto in frantumi. Non sapevano che avrebbe potuto essere una prova contro di loro. — Raccolse i frammenti e all'improvviso l'espressione del suo viso cambiò. — *Mon Dieu!* — esclamò meravigliato.

— Cosa c'è?

— Le lancette di questo orologio sono ferme sulle sette!

— Cosa? — gridò il giudice sbalordito.

Ma Poirot, rapidissimo come al solito, aveva già tolto di mano a Bex quell'orologio e se lo portò all'orecchio. Poi sorrise.

— Il vetro è rotto, ma continua a funzionare.

La spiegazione del mistero sembrò risollevare tutti. Poi il magistrato domandò: — Ma adesso che ore sono? Non certo le sette.

— No — rispose Poirot gentile. — Sono appena passate le cinque. Forse l'orologio corre. È così, *madame*?

La signora Renauld era perplessa. — Sì, corre — ammise. — Ma non è mai stato tanto avanti!

Con un gesto di impazienza il magistrato lasciò cadere l'argomento e continuò l'interrogatorio.

— *Madame*, il portone d'ingresso è stato trovato socchiuso. È quasi certo che gli assassini siano entrati da lì, eppure la serratura non è stata forzata. Come lo spiegate?

— Forse mio marito, ieri sera, è uscito per far due passi e quando è rientrato si è dimenticato di chiudere.

— È una cosa possibile, questa?

— Certo, mio marito era l'uomo più distratto del mondo. — Aggrottò la fronte, come se questo lato del carattere del marito fosse per lei un ricordo amaro.

— Per il momento possiamo tirare una conclusione — disse il commissario all'improvviso. — Dal momento che gli uomini hanno insistito perché il signor Renauld si vestisse, c'è da pensare che il luogo dove volevano portarlo, il luogo dove era nascosto "il segreto", si trovasse a qualche distanza.

Il magistrato annuì.

— Certo, lontano ma non troppo, dal momento che lui ha detto che sarebbe stato di ritorno al mattino.

— A che ora parte l'ultimo treno dalla stazione di Merlinville? — domandò Poirot.

— Undici e cinquanta in una direzione e dodici e diciassette nell'altra, ma è più probabile che i due uomini avessero una macchina.

— Certo — convenne Poirot mogio.

— È chiaro che se avessero preso il treno sarebbe facile rintracciarli — continuò il magistrato. — D'altronde anche una macchina con due forestieri non passa inosservata. Un punto eccellente, signor Bex.

Sorrise. Poi, tornato serio, si rivolse di nuovo alla signora Renauld.

— Un'altra domanda, signora. Conoscete qualcuno che si chiama Duveen?

— Duveen? — ripeté la signora Renauld. — No, mi pare proprio di no.

— Avete mai sentito vostro marito parlare di questa persona?

— Mai.

— Conoscete qualcuno il cui nome è Bella? — chiese ancora il giudice, guardando fisso la signora Renauld e cercando di scoprire segni di rabbia o di sorpresa, ma la donna si limitò a scuotere il capo in maniera del tutto naturale.

— Siete al corrente del fatto che vostro marito ieri sera ha ricevuto una visita?

La signora arrossì, ma rispose pacata: — No, chi era?

— Una signora.

— Davvero?

Il giudice preferì non insistere. Era improbabile che la signora Daubreuil potesse in qualche modo essere implicata nel delitto. Inoltre non voleva correre il rischio di sconvolgere ulteriormente la donna.

Fece un cenno al commissario e questi assentì col capo. Si

alzò, attraversò la stanza e tornò con in mano il barattolo di vetro, dal quale tolse il pugnale.

— Signora — disse. — Lo riconoscete?

La signora emise un grido: — È il mio pugnale! — Poi vide la macchia sulla punta e i suoi occhi si riempirono di orrore. — È... è sangue?

— Sì, *madame*. Questa è l'arma che ha ucciso vostro marito. Siete sicura che sia lo stesso pugnale che si trovava sul vostro tavolino di toeletta ieri sera?

— Sicurissima. È un regalo di mio figlio. Durante la guerra ha prestato servizio in aviazione. Era riuscito ad arruolarsi, facendosi creder. più vecchio di quello che era. — C'era un tono di orgoglio nella sua voce. — Questo pugnale è stato fatto col metallo di un aereo e mio figlio me l'ha regalato come un souvenir della guerra.

— Capisco, *madame*. A proposito, dov'è vostro figlio ora? Bisogna avvertirlo subito di quello che è successo.

— Jack? È in viaggio per Buenos Aires.

— Come?

— Sì. Mio marito gli ha telegrafato ieri a Parigi, dove Jack si trovava per affari, per dirgli che doveva partire subito per il Sud America. C'era una nave che salpava proprio ieri sera da Cherbourg per Buenos Aires.

— Per caso sapete che tipo di affari doveva trattare a Buenos Aires?

— No, signore, non so proprio niente. So solo che Buenos Aires non era la meta perché da lì avrebbe dovuto proseguire per Santiago.

All'unisono il giudice e il commissario esclamarono — Santiago! Ancora Santiago!

In questo preciso istante Poirot si avvicinò alla signora Renauld. Fino a quel momento era stato in piedi, accanto alla finestra, come perduto in un suo sogno personale e avevo la sensazione che non avesse nemmeno ascoltato la conversazione. Comunque, come dicevo, si avvicinò alla signora, fece un inchino e disse: — *Pardon*, posso esaminare i vostri polsi?

Un po' sorpresa, la signora Renauld glieli mostrò. Un profondo solco rosso segnava il punto in cui le corde, con cui l'avevano legata, avevano inciso la carne. Poirot esaminò attentamente le ferite, ed ebbi la netta sensazione che il breve lampo che gli era passato negli occhi si spegnesse all'improvviso.

— Devono farvi molto male — commentò, sempre più perplesso.

Il magistrato riprese a parlare e lo fece in maniera concitata.
— Bisogna mettersi subito in contatto col giovane Renauld. Dobbiamo mandargli un telegramma. È di vitale importanza per noi sapere il motivo di questo viaggio a Santiago. — Esitò. — Speravo che vostro figlio fosse più a portata di mano — aggiunse rivolto alla signora. — Vi avremmo risparmiato un ulteriore dolore, *madame*.

— Alludete — rispose la donna con voce quasi impercettibile — all'identificazione del cadavere di mio marito?

Il magistrato annuì.

— Sono una donna forte, *monsieur*. Se è necessario sarò in grado di sopportarlo. Sono pronta...

— Oh, ma possiamo anche rimandare a domani...

— Preferisco non rimandare. Volete darmi il braccio, dottore?

Il medico gettò uno scialle sulle spalle della signora Renauld, l'aiutò a mettersi in piedi e tutto il gruppo si avviò per le scale. Il signor Bex si precipitò ad aprire la porta della rimessa. Dopo un paio di minuti la signora Renauld apparve sulla soglia. Era pallidissima, ma decisa. Dietro di lei, Hautet gracchiava scuse e parole di comprensione, starnazzando come una gallina impazzita.

La donna si coprì il viso con le mani.

— Un attimo, signori — disse. — Devo raccogliere tutte le forze.

Poi, lentamente, si tolse le mani dal viso e guardò. La sua forza e il suo sangue freddo si sbriciolarono all'istante.

— Paul! — gridò. — Mio marito! Oh, Dio! — E si abbatté, priva di sensi, sul pavimento.

Poirot si chinò su di lei, le sollevò le palpebre, sentì il polso. Convinto poi che lo svenimento fosse reale, si ritrasse e mi prese per un braccio.

— Sono un imbecille, amico mio — disse. — Se mai c'è stato amore vero e vero dolore nella voce di una donna, ebbene, io li ho sentiti. La mia piccola idea era sbagliata. *Eh, bien!* Dobbiamo ricominciare da capo.

VI
La scena del delitto

Il dottore e Hautet riportarono in casa la donna svenuta. Il commissario scosse il capo sconsolato.

— *Pauvre femme!* — mormorò. — Il colpo è stato troppo forte. Be', non possiamo farci niente. Ora, signor Poirot, andiamo a vedere il luogo dove è stato commesso il delitto?

— Volentieri, signor Bex.

Riattraversammo la casa e uscimmo dal portone principale. Mentre ci trovavamo nell'atrio Poirot si soffermò un attimo a guardare le scale e scosse la testa, con aria molto scontenta.

— Non riesco a convincermi che la servitù non abbia sentito rumori! Quella scala scricchiola... e chissà che rumore avrà fatto con tre persone che scendevano...

— Erano le due di notte e tutti dormivano profondamente...

Ma Poirot continuò a scuotere il capo affatto convinto della mia spiegazione. Sul viale d'accesso, prima della curva, si fermò e si voltò a guardare la casa.

— Come mai, prima di tutto, gli assassini hanno controllato se la porta d'ingresso era aperta? Come potevano saperlo, dato che di norma viene chiusa? Sarebbe stato molto più logico se avessero cercato di forzare qualche finestra.

— Ma tutte le finestre al piano terreno hanno le inferriate — obiettò il commissario.

Poirot indicò una finestra al primo piano.

— Quella è la finestra della camera da letto dalla quale siamo appena usciti, vero? Guardate... c'è un albero molto accostato. Entrare da lì è un gioco da bambini...

— Forse — dovette ammettere Bex. — Ma comunque non avrebbero potuto farlo senza lasciare impronte nelle aiuole di sotto.

Obiezione accolta, pensai. Ai lati della breve gradinata che portava all'ingresso, c'erano due grandi aiuole ovali, coltivate a gerani. L'albero in questione affondava le sue radici all'estremità di una delle aiuole e sarebbe stato impossibile raggiungerlo senza calpestarla.

— Vedete — continuò il commissario — data la siccità di questi giorni nessuna impronta potrebbe essere visibile né sul viale né sui sentieri laterali; ma sul terreno, sempre innaffiato, di un'aiuola, be'... penso che sarebbe ben diverso.

Poirot si avvicinò all'aiuola e la studiò attentamente. Come Bex aveva detto, il terreno era intatto. Non c'era nessuna tacca, nessuna impronta. Poirot annuì e venne verso di noi poi all'improvviso si precipitò verso l'altra aiuola.

— Signor Bex — gridò. — Guardate qui! Ci sono un sacco di impronte!

Il commissario si avvicinò a lui... e sorrise.

— Mio caro Poirot, senza dubbio sono quelle degli stivali

chiodati del giardiniere e in ogni caso, non avrebbero nessuna importanza dato che da questa parte non ci sono alberi su cui arrampicarsi e di conseguenza nessuna possibilità di raggiungere il primo piano.

— Vero — ammise Poirot con insolita umiltà. — Dunque voi siete convinto che queste impronte non abbiano importanza?

— Convintissimo.

E allora Poirot, con mio grande stupore, pronunciò queste parole: — Non sono d'accordo con voi. Io ritengo che queste impronte siano la cosa più importante che abbiamo sinora scoperto.

Il signor Bex si limitò a stringersi nelle spalle. Era troppo gentile per esprimere la sua vera opinione.

— Vogliamo proseguire? — domandò invece.

— Certo — rispose Poirot. — Approfondirò più tardi la questione delle orme.

Il signor Bex infilò un sentiero sulla destra. Era leggermente in salita. Portava verso il lato destro della casa, era delimitato, su entrambi i lati, da alti cespugli e sfociava su una piccola radura dalla quale si dominava il mare. C'era una panchina e un po' più lontano un capanno mezzo diroccato. Un filare di bassi cespugli delimitava i confini della proprietà. Il signor Bex ci guidò attraverso questi cespugli verso un vasto tratto di dolci colline erbose. Mi guardai attorno meravigliato.

— Ma questo è un campo da golf! — esclamai.

Bex annuì.

— I lavori non sono ancora terminati — spiegò. — Pensavano di poterlo inaugurare il prossimo mese. Sono stati appunto alcuni operai che lavorano qui a scoprire il cadavere, stamattina.

Guardai alla mia sinistra e quasi mi mancò il fiato. C'era una fossa lunga e stretta e accanto ad essa, a faccia in giù, il corpo di un uomo. Per un attimo ebbi la sgradevole sensazione che la tragedia si fosse ripetuta. Ma il commissario dissipò subito le mie preoccupazioni. Fece qualche passo avanti e disse seccato: — Ma i miei agenti dove sono? Hanno ordini precisi di non lasciar entrare le persone non autorizzate!

L'uomo sdraiato per terra sollevò il capo.

— Ma io sono autorizzato — disse mentre si alzava.

— Mio caro Giraud — esclamò il commissario. — Non sapevo proprio del vostro arrivo. Il giudice istruttore vi sta aspettando con molta impazienza.

Osservai Giraud con attenzione e curiosità. Conoscevo solo

di nome il famoso detective della Sûreté di Parigi e mi faceva piacere conoscerlo di persona. Era alto, aveva circa trent'anni, capelli e baffi castani con riflessi ramati e un portamento militare. C'era un pizzico di arroganza nel suo modo di fare come se fosse perfettamente conscio della propria importanza. Bex ci presentò e poi gli presentò il "collega" Poirot. Un lampo di interesse passò negli occhi di Giraud.

— Vi conosco di fama, signor Poirot — disse. — Avete goduto di grande fama, tempo fa, vero? Ma ora i metodi sono cambiati.

— I delitti, però, sono sempre gli stessi — rispose pacato Poirot.

Capii subito che Giraud non faceva nessuno sforzo per nascondere la propria ostilità. Era seccato di avere Poirot fra i piedi e io ero sicuro che se avesse trovato qualche indizio importante se lo sarebbe tenuto per sé.

— Il giudice istruttore... — stava dicendo Bex. Ma Giraud lo interruppe bruscamente.

— Me ne infischio del giudice istruttore! Tra mezz'ora sarà buio e la luce del giorno è della massima importanza. So già tutto del delitto, e gli abitanti della casa possono aspettare benissimo fino a domani. Se dobbiamo trovare un indizio che ci metta sulla traccia degli assassini, possiamo trovarlo solo qui. Sono stati gli agenti a calpestare il terreno qui intorno? Speravo che la polizia sapesse come comportarsi.

— Infatti lo sa. Le impronte sono quelle degli operai che hanno scoperto il cadavere.

Giraud si limitò a borbottare qualcosa.

— Ho trovato il punto dove i tre uomini hanno attraversato la siepe — disse poi. — Ma sono stati molto furbi. Si possono riconoscere le orme centrali: sono quelle del signor Renauld. Invece le altre sono state accuratamente cancellate. Non che fossero molto precise, ma hanno preferito non correre rischi.

— La traccia esterna, vero? — fece Poirot. — È questo che cercate?

L'altro spalancò gli occhi. — Certo.

Un lieve sorriso increspò le labbra di Poirot. Fece per dire qualcosa, ma poi si trattenne. Si chinò a osservare una vanga.

— Sì, è la vanga con la quale hanno scavato la fossa — disse Giraud. — Ma non ne ricaverete niente. Era di Renauld e l'uomo che l'ha usata portava i guanti. Eccoli. — E indicò col piede un paio di guanti macchiati di fango che si trovavano per terra. — Sono di Renauld... o del suo giardiniere. Credetemi, chi ha perpetrato questo crimine ha curato tutti i particolari. Renauld è stato pugnalato col suo stesso pugnale, e poi buttato in una fossa scavata con la sua vanga! Sono stati attentissimi a non lasciare tracce! Ma io li prenderò. C'è sempre *qualcosa*! E io intendo scoprirlo.

Ma Poirot sembrava interessato a qualcos'altro, un pezzetto di tubo di piombo che si trovava accanto alla vanga. Lo toccò con delicatezza.

— E anche questo appartiene alla vittima? — domandò con una impercettibile inflessione ironica nella voce.

Giraud alzò le spalle per far capire che non sapeva e che comunque non gliene importava nulla.

— Probabilmente si trova lì da settimane — disse. — In ogni modo, non mi interessa.

— Io invece lo trovo molto interessante — rispose mellifluo Poirot.

Pensai che di proposito volesse irritare il detective parigino e devo dire che ci riusciva perfettamente. L'altro si voltò e disse che non aveva tempo da perdere. Poi si inginocchiò di nuovo e riprese a esaminare il terreno.

Intanto Poirot, come folgorato da una idea improvvisa, attraversò la siepe e tentò di aprire la porta del capanno.

— È chiusa — disse Giraud senza voltarsi. — Ma è solo il ripostiglio dove il giardiniere tiene i propri attrezzi. La vanga non è stata tolta da lì, ma dal ripostiglio degli attrezzi vicino alla casa.

— Straordinario — mi sussurrò il signor Bex. — È qui da mezz'ora e sa già tutto. Che uomo! Giraud è il più grande detective dei nostri tempi.

Devo ammettere che Giraud, nonostante l'antipatia che provavo per lui, mi aveva impressionato. La sua persona emanava efficienza. E non potevo fare a meno di constatare che fino a quel momento Poirot non si era particolarmente distinto e la cosa mi faceva soffrire. Sembrava concentrarsi su particolari sciocchi e insignificanti che non avevano nulla a che vedere col caso. E a riprova di questo, all'improvviso domandò: — Signor Bex, ditemi il significato di quella linea bianca tracciata col gesso attorno alla fossa. È stata la polizia?

— No, signor Poirot. Riguarda il campo di golf. Sta a indicare che in quel punto ci sarà "la trappola di sabbia", come la chiamano.

— Trappola di sabbia? — Poirot si rivolse a me. — È quell'affossamento irregolare, colmo di sabbia, che ha un monticello da un lato?

Annuii.

— Voi non giocate a golf, signor Poirot? — domandò Bex.

— Io? Mai più. Che razza di gioco! Pensate, ogni buca è di diversa distanza. Gli ostacoli non sono mai sistemati matematicamente. Persino il *green* è irregolare. C'è solo una cosa gradevole... come li chiamate?... i supporti delle palline. Per lo meno quelli sono simmetrici.

Non riuscii a trattenere una risata per il modo in cui Poirot considerava il golf e il mio amico mi sorrise benevolo. Poi domandò: — Ma il signor Renauld, giocava a golf?

— Sì, era un giocatore esperto. È solo grazie a lui e alle sue generose offerte che si è potuto iniziare questi lavori.

Poirot annuì pensieroso. — Non hanno scelto un bel posto per seppellire un cadavere — disse poi. — Non sapevano che quando gli operai avrebbero ripreso i lavori, avrebbero scoperto subito il cadavere...

— Esattamente! — esclamò Giraud. — E questo dimostra che erano stranieri. È un ottimo esempio di prova indiretta.

— Già — fece Poirot dubbioso. — Nessuno che conoscesse i luoghi avrebbe nascosto un cadavere qui... a meno che... a meno che gli assassini non volessero proprio che venisse scoperto. E questo è assurdo, non è vero?

Giraud non si diede nemmeno la pena di rispondere.

— Già... — continuò Poirot. — Proprio assurdo...

VII

La misteriosa signora Daubreuil

Mentre ci stavamo avviando per tornare alla casa, Bex si scusò e disse che doveva lasciarci perché voleva informare immediatamente il giudice istruttore dell'arrivo di Giraud. Giraud, da parte sua, non nascose la propria gioia quando Poirot dichiarò di aver visto tutto quello che desiderava vedere. E l'ultima cosa che osservai, nell'allontanarmi, fu Giraud che carponi proseguiva le indagini con un accanimento che non poteva non suscitare la mia ammirazione. Poirot mi lesse nel pensiero perché, non appena fummo soli, mi disse: — Finalmente avete visto il poliziotto ideale! Il segugio umano. Non è così, amico mio?

— Lui, per lo meno, fa qualcosa — risposi un po' seccato. — Se c'è qualcosa da trovare, la troverà. Voi...

— *Eh, bien!* Anch'io ho trovato qualcosa. Un pezzetto di tubo di piombo.

— Assurdo, Poirot. Sapete benissimo che non c'entra niente. Io parlavo delle *piccole* cose dei veri indizi... quelle tracce che fatalmente portano all'assassino.

— *Mon ami*, un indizio lungo due metri ha lo stesso valore di un indizio lungo due millimetri. È un atteggiamento romantico pensare che tutti gli indizi debbano essere infinitesimali! In quanto al fatto che quel pezzo di tubo di piombo non ha niente a che vedere col crimine... be', voi lo pensate perché lo ha detto Giraud. No... — mi zittì perché stavo per controbattere — non diremo altro. Lasciate Giraud alla sua ricerca e rispettate le mie idee. Il caso sembrerebbe chiaro eppure, *mon ami*, qualcosa non mi convince. E sapete perché? Perché quell'orologio era avanti di due ore. E poi ci sono tanti altri piccoli particolari che non quadrano. Per esempio, se il movente del delitto era la vendetta, perché non hanno pugnalato Renauld nel sonno e basta?

— Volevano "il segreto" — gli ricordai. Poirot soffiò via un granello di polvere dalla manica.

— Be', dov'è questo "segreto"? Forse molto lontano, se volevano che si vestisse. Eppure è stato trovato assassinato vicino a casa. A due passi, proprio. E ancora, è una mera coincidenza che il pugnale si trovasse, guarda caso, proprio a portata di mano? — Aggrottò la fronte e poi proseguì: — E come mai nessuno dei domestici ha sentito rumori? Erano forse stati drogati? C'era un complice all'interno che ha aperto il portone d'ingresso? Chissà se... — Si fermò di colpo. Eravamo sul vialetto davanti alla casa. Si voltò verso di me. — Amico mio, sto per stupirvi e farvi piacere. I vostri rimproveri mi sono arrivati al cuore. Esamineremo alcune orme.

— Dove?

— Su quell'aiuola di destra. Il signor Bex dice che sono del giardiniere. Vediamo se è vero. Guardate, ecco che sta arrivando con la sua carriola.

Un uomo anziano stava attraversando il viale con una carriola piena di pianticelle. Poirot lo chiamò. L'uomo lasciò la carriola e venne verso di noi.

— Avete intenzione di farvi dare uno dei suoi stivali per confrontare le impronte? — domandai. La mia fiducia in Poirot si era risvegliata. Dal momento che aveva affermato che le orme nell'aiuola di destra erano importanti, probabilmente *lo erano*.

— Esattamente — rispose.

— Ma lui non penserà che sia un po' strano?

— Non lo penserà affatto.

Non aggiunsi altro perché l'uomo ci aveva raggiunto.

— In che posso servirvi, signore?

— Fate il giardiniere qui da tanto tempo, vero? — cominciò Poirot.

— Ventiquattro anni, signore.

— Come vi chiamate?

— Auguste, signore.

— Stavo ammirando questi stupendi gerani. Veramente superbi. È da molto che sono stati piantati?

— Da un po', signore. Ma per mantenere belle le aiuole occorre rinnovare continuamente le piante, togliere quelle sfiorite e cogliere i fiori appassiti.

— Avete piantato nuovi germogli, ieri, vero? Quelli lì al centro e anche nell'altra aiuola?

— *Monsieur* se ne intende! Ci vuole sempre un giorno o due perché attecchiscano bene. Sì, ieri sera ho messo dieci piantine novelle in ciascuna aiuola. Come saprete non bisogna mai piantare quando il sole è caldo.

Auguste era lusingato dall'interesse di Poirot e conversava volentieri.

— Ottima qualità quella — disse Poirot indicando dei fiori. — Potrei averne un getto?

— Certo, *monsieur*. — Il giardiniere entrò nell'aiuola e colse uno dei fiori che Poirot aveva ammirato.

Poirot si profuse in ringraziamenti e Auguste tornò alla sua carriola.

— Guardate — mi disse Poirot mentre si chinava a osservare le orme appena lasciate dagli stivali chiodati del giardiniere. — È semplicissimo...

— Non avevo pensato...

— Che il piede sarebbe stato nella scarpa? Voi non usate abbastanza le vostre facoltà intellettive. Be', che ne dite di questa impronta?

L'esaminai con attenzione. — Tutte le impronte in questa aiuola sono state lasciate dalla medesima scarpa — dissi infine.

— Davvero? *Eh, bien*, sono d'accordo con voi.

All'improvviso si era fatto distratto, come se stesse pensando ad altro.

— Ad ogni modo — continuai — adesso avete un pallino in meno.

— *Mon Dieu!* Ma che razza di linguaggio! Cosa volete dire esattamente?

— Voglio dire che non avete più motivo di interessarvi a quelle impronte.

Con mia grande sorpresa, Poirot scosse il capo.

— No, no, *mon ami*! Finalmente sono sulla pista giusta. Annaspo ancora nel buio, è vero, ma come ho cercato di far capire al signor Bex, queste impronte, finora, sono l'indizio più importante e più interessante del caso. Quel povero Giraud... non mi sorprenderebbe se non le notasse nemmeno.

In quel momento si aprì il portone d'ingresso e Hautet e il commissario scesero i gradini.

— Ah, signor Poirot. Stavamo venendo a cercarvi — disse il magistrato. — È già un po' tardi, ma vorrei andare a trovare *madame* Daubreuil. La morte del signor Renauld l'avrà sconvolta e forse, con un po' di fortuna, riusciremo a ricavare qualche informazione. È possibile che Renauld possa aver rivelato alla donna che lo teneva incatenato quel segreto che non aveva rivelato alla moglie. Sappiamo benissimo qual è il punto debole dei nostri sansoni, vero?

Ammirai il linguaggio pittoresco del signor Hautet e sospettai che il giudice istruttore godesse del ruolo che stava recitando in questo dramma.

— Il signor Giraud non ci accompagna? — domandò Poirot.

— Il signor Giraud ci ha fatto chiaramente capire che preferisce condurre il caso a modo suo — rispose asciutto Hautet.

Era facile dedurre che l'arroganza di Giraud aveva irritato il magistrato. Senza ulteriori commenti ci mettemmo in cam mino. Poirot ci precedeva assieme al giudice e io seguivo in compagnia del commissario.

— Non c'è dubbio che la storia di Françoise è sostanzialmente vera — mi disse in tono confidenziale. — Ho telefonato alla Centrale di polizia e pare che durante le ultime sei settimane, e cioè dall'arrivo del signor Renauld a Merlinville, per ben tre volte *madame* Daubreuil abbia versato somme cospicue sul suo conto in banca. Il totale delle somme versate è duecentomila franchi.

— Però... circa quattromila sterline...

— Precisamente. Senza dubbio Renauld aveva preso una bella cotta. Resta da stabilire se aveva confidato alla donna il segreto oppure no. Il giudice ha buone speranze, ma io sono più pessimista.

Stavamo percorrendo il tratto di strada verso quella biforcazione dove la nostra macchina si era fermata nel primo pomeriggio e poco dopo mi resi conto che Villa Marguerite, la casa della misteriosa signora Daubreuil, era proprio quella villetta dalla quale avevo visto uscire la meravigliosa ragazza.

— Abita qui da molti anni — mi spiegò il commissario. —

Una donna tranquilla, per nulla invadente. Pare che non abbia amici al di fuori delle conoscenze che ha fatto a Merlinville. Non parla mai del passato né del marito. Non si sa nemmeno se sia vivo o morto. C'è del mistero attorno a questa donna.

— E... la figlia? — azzardai.

— Una gran bella ragazza... modesta, educata. Certo mi fa un po' pena perché non si sa niente del suo passato e un uomo che volesse sposarla dovrà necessariamente prendere informazioni e chissà... — Il commissario si strinse nelle spalle.

— Ma lei non ha nessuna colpa — esclamai indignato.

— No, certo. Ma gli uomini sono esigenti sui precedenti della moglie.

Non feci in tempo a rispondergli perché eravamo arrivati all'ingresso della villetta. Il signor Hautet suonò il campanello. Passarono alcuni minuti, poi sentimmo un rumore di passi all'interno e finalmente la porta si aprì. Sulla soglia stava la giovane dea che avevo visto quel pomeriggio. Quando ci vide impallidì e negli occhi le passò un'espressione di sgomento. Non c'era dubbio... quella ragazza aveva paura di qualcosa.

— *Mademoiselle* Daubreuil — disse il signor Hautet, togliendosi il cappello — ci dispiace molto disturbarvi ma la Legge ha le sue esigenze, voi capite, vero? Presentate i miei omaggi a vostra madre e chiedetele se ha la compiacenza di riceverci.

Per un attimo la ragazza rimase immobile. Si portò una mano sul cuore come se volesse controllarne i battiti, poi si riprese e disse: — Prego, entrate. Vado a vedere.

Sparì in una stanza che si trovava sul lato sinistro dell'atrio e noi sentimmo il mormorio della sua voce. Poi, un'altra voce, identica nel timbro ma dall'inflessione più dura, disse: — Certo. Falli entrare.

Un attimo dopo ci trovavamo in presenza della misteriosa signora Daubreuil.

Era meno alta della figlia, ma le giuste rotondità del suo corpo avevano il fascino della piena maturità. I capelli, contrariamente a quelli della figlia, erano scuri e pettinati in due bande lisce, divise nel mezzo. Gli occhi, seminascosti dalle palpebre un po' abbassate, erano azzurri. Aveva una fossetta nel mento rotondo e le labbra sembravano sul punto di schiudersi in un misterioso sorriso. Emanava una femminilità prepotente e una grande forza di seduzione. Anche se ben tenuta, non doveva essere più tanto giovane ma possedeva quel fascino che prescinde dall'età.

In piedi, con indosso un sobrio abito nero, ornato da colletto e polsini bianchi, le mani intrecciate, sembrava l'immagine del fascino e della disperazione.

— Volevate vedermi, signori? — domandò.

— Sì, *madame* — rispose Hautet. — Sto svolgendo indagini sulla morte del signor Renauld. L'avete saputo, vero?

La donna chinò il capo, senza parlare. La sua espressione non cambiò.

— Siamo venuti per chiedervi se... potete fornirci qualche chiarimento sulle circostanze che...

— Io? — Il tono di sorpresa era perfetto.

— Voi, *madame*. Forse sarebbe meglio se potessimo parlarvi da sola — e guardò significativamente in direzione della ragazza.

Madame Daubreuil si rivolse alla ragazza.

— Marthe, cara...

La ragazza scosse energicamente il capo.

— No, *maman*, non vado via. Non sono una bambina. Ho ventidue anni.

Madame Daubreuil parlò di nuovo al giudice. — Capite signore...

— Preferirei non parlare davanti a *mademoiselle* Daubreuil, — ribadì il giudice.

— Come vi ha detto, non è più una bambina.

Per un attimo il magistrato esitò, perplesso.

— Va bene, *madame* — disse infine. — Come volete. Abbiamo buone ragioni per credere che voi andavate tutte le sere a far visita al signor Renauld. È vero?

La donna avvampò, ma rispose calma: — Non avete nessun diritto di farmi queste domande!

— *Madame*, stiamo indagando su un assassinio.

— E con questo? Io non ho nulla a che fare col delitto.

— *Madame*, questo non l'ho detto. Ma voi conoscevate molto bene la vittima. Vi aveva mai confidato che un pericolo lo minacciava?

— Mai.

— Vi ha mai parlato della sua vita a Santiago o dei nemici che poteva essersi fatto laggiù?

— No.

— Dunque non potete aiutarci in nessun modo?

— Temo proprio di no. Non riesco nemmeno a capire perché siete venuti da me. Sua moglie non è in grado di dirvi ciò che volete sapere? — C'era una sfumatura di ironia nella sua voce.

— *Madame* Renauld ci ha detto tutto quello che poteva.

— Ah... Chissà se...

— Chissà che cosa?

— Nulla.

Il giudice guardò la donna. Aveva capito di dover combattere contro un avversario agguerrito.

— Insistete nel dichiarare che il signor Renauld non vi aveva confidato nulla?

— Ma come mai pensate che potesse averlo fatto?

— Perché, *madame* — rispose Hautet con calcolata brutalità — un uomo spesso confida all'amante ciò che non sempre confida alla moglie.

La donna fece un passo in avanti. Era indignata e i suoi occhi mandavano lampi. — Voi mi insultate! E davanti a mia figlia! Non posso dirvi nulla. Abbiate la compiacenza di lasciare la mia casa!

Lasciammo Villa Marguerite come scolaretti vergognosi. Il giudice imprecava tra i denti. Poirot sembrava perduto nei suoi pensieri. A un certo punto si fermò di colpo e domandò al giudice se nelle vicinanze c'era un buon albergo.

— C'è un alberghetto, l'Hotel des Bains, da questa parte della città. A un centinaio di metri proseguendo per questa strada. È comodo per voi. Ci vediamo domattina, allora?

— Sì, grazie, signor Hautet.

Poirot e io ci incamminammo verso Merlinville e gli altri ritornarono a Villa Geneviève.

— Il metodo della polizia francese è meraviglioso — commentò Poirot. — Possiedono informazioni sulla vita di tutti, persino nel più piccolo dettaglio. Straordinario. Il signor Renauld vive qui da poco più di sei settimane e loro conoscono i suoi gusti, i suoi intenti, hanno un rendiconto perfetto dei movimenti di banca della signora Daubreuil. Non c'è dubbio, i dossier sono delle grandi istituzioni! Ma che succede? — Si voltò di colpo.

Marthe Daubreuil stava correndo verso di noi.

— Vi chiedo scusa — disse senza fiato non appena ci raggiunse. — Io... io non dovrei fare questo, lo so. Non dovete dir niente a mia madre. Ma è vero, come dice la gente, che il signor Renauld aveva chiamato un detective prima di morire e che il detective siete voi?

— Sì, *mademoiselle* — rispose gentile Poirot. — È proprio vero. Ma come l'avete saputo?

— Françoise l'ha detto alla nostra Amélie — spiegò Marthe.

Poirot sorrise.

— La segretezza è impossibile in una faccenda come questa. Non che abbia molta importanza. Be', *mademoiselle*, che cosa volete sapere?

La ragazza esitò. Si capiva che aveva voglia di parlare, ma nello stesso tempo ne aveva anche paura. Alla fine, quasi in un sussurro, domandò: — C'è... voglio dire, sospettate qualcuno?

Poirot la studiò attentamente. Poi rispose evasivo.

— I sospetti sono nell'aria.

— Sì, lo so... ma c'è qualcuno in particolare?

— Perché volete saperlo?

Marthe parve spaventata da questa domanda. Mi ricordai allora il commento che Poirot aveva fatto quando l'avevamo vista per la prima volta. "Una ragazza con gli occhi inquieti."

— Il signor Renauld era sempre molto gentile con me — spiegò. — È naturale che mi interessi.

— Capisco — disse Poirot. — Be', *mademoiselle*, per ora il sospetto grava su due persone.

— Due? — C'erano sorpresa e sollievo nella sua voce.

— Non sappiamo ancora i loro nomi — continuò il mio amico — ma pensiamo che siano cileni di Santiago. Ah... quanto serve essere giovani e belle! Per voi ho tradito un segreto professionale.

La ragazza rise e poi lo ringraziò.

— Ora devo tornare. *Maman* mi cercherà. — Si voltò e se ne andò di corsa. La seguii con lo sguardo.

— *Mon ami* — ironizzò Poirot. — Dobbiamo star piantati qui tutta la notte solo perché avete visto una bella ragazza che vi sta facendo girare la testa?

Mi misi a ridere e mi scusai.

— È così bella, Poirot! Chiunque perderebbe la testa...

— *Mon Dieu!* — si disperò Poirot. — Che cuore sensibile avete...

— Poirot — dissi — ricordate che dopo il caso di Styles Court io...

— Voi eravate innamorato di due donne contemporaneamente e nessuna delle due andava bene per voi. Certo che mi ricordo.

— Allora mi avete consolato dicendo che forse un giorno avremmo di nuovo lavorato insieme e che allora...

— *Eh, bien?*

— Be', stiamo di nuovo lavorando insieme e... — non finii la frase.

— *Mon ami* — continuò Poirot molto serio — non date il

vostro cuore a Marthe Daubreuil. Non fa per voi, quella. Ve lo dice papà Poirot.

— Ma il commissario mi ha detto che la sua bontà è pari alla sua bellezza. Un vero angelo!

— Ho conosciuto molti criminali con il viso d'angelo. Una malformazione delle cellule grigie può coincidere con un viso da madonna.

— Poirot! — Ero scandalizzato. — Non mi direte che sospettate di quella bambina innocente?

— Calmatevi... non ho mai detto una cosa simile. Ma dovete ammettere che la sua ansia di sapere qualcosa delle indagini è quantomeno curiosa.

— Una volta tanto vedo più in là di voi. Non era ansiosa per se stessa ma per sua madre.

— Amico mio, come al solito non vedete nulla. *Madame* Daubreuil non ha bisogno dell'aiuto della figlia per difendersi. Sa benissimo badare a se stessa. È vero, vi stavo un po' prendendo in giro, ma comunque ribadisco ciò che ho detto. Non pensate troppo a quella ragazza, non fa per voi. Hercule Poirot lo sa. *Sacré*, se solo potessi ricordarmi dove ho visto quella faccia...

— Quale faccia? Quella della ragazza?

— No, quella della madre.

Notando la mia sorpresa annuì enfaticamente.

— È come vi dico... certo... è stato molto tempo fa. Ero ancora nella polizia belga. Non ho mai visto quella donna prima di oggi, ma ho visto la sua fotografia... aveva a che fare con un caso giudiziario. E sono propenso a credere...

— Che cosa?

— Posso anche sbagliare, ma sono propenso a credere che si trattasse di un caso di omicidio.

VIII
Un incontro inaspettato

Il mattino successivo ci recammo alla villa. Questa volta l'uomo di guardia al cancello non ci sbarrò la strada. Invece ci salutò pieno di rispetto. Quando entrammo in casa, Léonie stava scendendo le scale e sembrava di umore ciarliero.

Poirot chiese notizie della signora Renauld.

Léonie scosse il capo.

— È terribilmente sconvolta, la *pauvre dame*! Non vuol

mangiare, è pallida come una morta, mi si spezza il cuore a vederla in quello stato. Ah, io certo non mi ridurrei così per un uomo che mi ha tradito con un'altra donna!

Poirot annuì comprensivo.

— È giusto quello che dite, ma che volete? Il cuore di una donna innamorata perdona tutto. Però ci sarà pur stato qualche litigio, qualche discussione tra i due coniugi ultimamente?

— Mai, *monsieur*. Non ho mai sentito *madame* pronunciare una sola parola di protesta o di rimprovero. È un angelo... ben diversa da *monsieur*.

— Il signor Renauld non era un angelo?

— Il contrario. Quando si arrabbiava lo sapeva tutta la casa. Il giorno che ha litigato col signor Jack... *ma foi*! Devono averli sentiti fino in piazza del mercato, tanto urlavano.

— Davvero? — si incuriosì Poirot. — E quando hanno litigato?

— Oh, proprio il giorno prima che il signor Jack partisse per Parigi. Per poco non perdeva il treno. È uscito come una furia dallo studio e ha preso la valigia che aveva lasciato nell'atrio. Siccome l'automobile era in riparazione, ha dovuto correre fino alla stazione. Io stavo facendo le pulizie in salone e l'ho visto passare... era pallidissimo e aveva due macchie rosse sulle guance. Sì, era proprio fuori di sé.

— E per cosa avevano litigato?

— Questo non lo so — confessò Léonie. — Gridavano, ma parlavano così in fretta che solo un inglese avrebbe potuto capirli. *Monsieur*, poi, è stato di umore nero tutto il giorno. Impossibile da trattare.

Qualcuno, di sopra, chiuse una porta.

— È Françoise che mi aspetta — esclamò Léonie, ricordandosi improvvisamente dei suoi doveri. — Quella vecchia mi sgrida sempre!

— Un attimo, *mademoiselle*. Dov'è il giudice istruttore?

— Sono andati in garage a vedere la macchina. Il commissario pensava che poteva essere stata usata la notte del delitto.

— *Quelle idée* — mormorò Poirot mentre la ragazza si allontanava.

— Volete raggiungerli? — domandai.

— No, aspetterò il loro ritorno in salotto. Fa un bel fresco là dentro.

Il suo modo di comportarsi non mi convinceva.

— Se non vi dispiace... — esitai.

— Per niente. Volete fare delle indagini per vostro conto, eh?

— Be', più che altro vorrei vedere cosa sta combinando Giraud...

— Il segugio umano... — mormorò Poirot mentre affondava nella poltrona. Chiuse gli occhi. — Fate pure, amico mio. Arrivederci.

Uscii dall'ingresso principale. Faceva molto caldo. Mi incamminai per il sentiero che avevamo già percorso il giorno prima. Volevo riesaminare da solo il luogo del delitto. Però non ci andai direttamente, ma presi una scorciatoia attraverso i boschi in modo da sbucare sul campo di golf un centinaio di metri più a destra.

Era mia intenzione, se Giraud si trovava ancora sul posto, osservare, non visto, le sue mosse. Purtroppo il bosco era più fitto di quanto pensassi e dovetti aprirmi a fatica un varco. Poi, quasi all'improvviso, emersi sul campo da golf e andai a urtare contro una donna che stava immobile con la schiena rivolta verso il bosco. Lei lanciò un grido, spaventata e si voltò di scatto. E allora gridai io, ma per la sorpresa. Era la mia amica del treno. Cenerentola.

— Voi qui! — esclamammo all'unisono.

Cenerentola si riprese prima di me.

— Ma cosa fate qui? — domandò.

— E voi, che ci fate? — ritorsi io.

— Quando vi ho visto l'ultima volta, ed era l'altro ieri, stavate tornando da bravo bambino a casa vostra, in Inghilterra.

— E quando io ho visto voi, da brava bambina, ve ne stavate andando a casa da vostra sorella. A proposito, come sta?

Mi sorrise radiosa. — Siete gentile a chiederlo. Mia sorella sta bene, grazie.

— È qui con voi?

— È rimasta in città — rispose con aria di sufficienza.

—.Non credo che abbiate una sorella — risi. — E se l'avete il suo nome deve essere John o James.

— E il mio nome, lo ricordate?

— Cenerentola. Ma ora voglio sapere quello vero.

Lei scosse la testa e mi guardò maliziosa.

— Non volete nemmeno dirmi come mai siete qui? — domandai.

— Penso che sappiate che anche chi fa la mia professione ogni tanto si riposa.

— In località balneari francesi di lusso?

— Si può spendere poco se si sa dove andare.

La guardai serio. — Due giorni fa, quando ci siamo incontrati, non avevate nessuna intenzione di venire qui.

— Tutti hanno le loro delusioni! — sentenziò Cenerentola. — Vi ho già detto abbastanza. I ragazzini non dovrebbero essere troppo curiosi. E inoltre voi non mi avete ancora detto cosa fate qui. Avete al rimorchio il vostro deputato che ora si sta trastullando sulla spiaggia?

— Acqua. Provateci ancora. Vi aiuto: non ricordate che vi avevo detto di avere un amico che era un grande detective?

— Sì?

— E non avete sentito parlare del delitto a Villa Geneviève?

Spalancò gli occhi. Avevo colpito nel segno. Era emozionatissima e per qualche secondo rimase zitta. Poi disse: — Questa sì che è una notizia! Portatemi in giro. Voglio vedere tutti gli orrori.

— Che significa?

— Quello che ho detto. Benedetto ragazzo, non vi avevo forse confessato che adoro i delitti? Perché pensate che abbia arrancato fin qui sui tacchi a spillo? Sono ore che sto gironzolando da queste parti. Ho tentato di entrare dal cancello principale, ma quel barbagianni di un agente mi ha bloccato la strada. Credo che Elena di Troia, Cleopatra e Maria la Sanguinaria messe insieme non sarebbero riuscite a smuoverlo. Che fortuna inaspettata aver incontrato voi. Andiamo, mostratemi tutto.

— Sentite... un momento... non posso. Nessuno può entrare. Gli ordini sono tassativi.

— Ma voi non siete amico dei capoccia?

Ci tenevo a dimostrare la mia importanza. — Ma perché siete tanto curiosa? E che cosa in particolare volete vedere?

— Oh, tutto! Il luogo dove è successo, l'arma del delitto, il cadavere, le impronte digitali e altre cose interessanti. Non mi era mai capitata prima d'ora l'occasione di imbattermi in un delitto. Me lo ricorderò per tutta la vita.

Guardai altrove un po' disgustato. Ma cos'erano diventate le ragazze moderne? Tutta questa curiosità per il macabro mi nauseava. Avevo letto che c'erano donne che affollavano le aule dei tribunali per assistere a verdetti di pena capitale e più di una volta mi ero domandato che tipo di donne fossero. Ora lo sapevo. Erano gradevoli e simpatiche come Cenerentola, giovani eppure ossessionate da un desiderio di morbosità, di sensazionalismo, senza nessun rispetto per la decenza o per i buoni sentimenti. La bellezza della ragazza mi aveva attratto, ma dentro di me non potevo che confermare la prima impressione che mi aveva suscitato: disapprovazione e antipatia. Pensai a mia madre, morta da tanti anni. Cosa avrebbe detto di questo moderno prodotto? La bella faccia sporcata dalla cipria e dal rossetto e una mente morbosa.

— Scendete dal vostro destriero — stava dicendo la ragazza — e non datevi tante arie. Quando vi hanno chiamato per questo lavoro avete forse arricciato il naso e avete detto che era una faccenda troppo sporca per i vostri gusti?

— No, ma...

— Se voi foste qui in vacanza, non ditemi che non vi verrebbe la voglia di curiosare attorno!

— Io sono un uomo. Voi una donna.

— Per voi la donna è una che sale in piedi su una sedia e si mette a urlare se vede un topo. Questa è un'immagine preistorica. Ma voi mi farete fare un giro, vero? Farebbe una grande differenza per me.

— In che senso?

— Stanno tenendo alla larga tutti i giornalisti. Io potrei fare un grande scoop. Sapete quanto pagano per una notizia esclusiva?

Esitai. Sentii la sua mano scrivolare nella mia.

— Vi prego... fate il bravo!

A questo punto capitolai. Mi piaceva recitare il ruolo di persona importante. Dopotutto, l'atteggiamento morale della ragazza non mi riguardava. In verità ero un po' preoccupato per quello che avrebbe potuto dire il giudice inquirente, ma poi decisi che non c'era nulla di male ad assecondare la ragazza.

Per prima cosa la condussi nel posto dove era stato rinvenuto il cadavere. C'era un agente di guardia che mi salutò con molto rispetto perché ormai mi conosceva di vista e non fece domande sulla mia compagna. Il fatto che fosse con me rappresentava una garanzia. Spiegai a Cenerentola come era stato scoperto il corpo e lei ascoltò con estrema attenzione, interrompendomi di tanto in tanto con domande intelligenti. Poi ci dirigemmo verso la villa, e a dire il vero, speravo di non incontrare nessuno. Portai la ragazza sul retro della casa dove si trovava la rimessa. Ricordai che la sera precedente, dopo aver chiuso la porta, il signor Bex aveva lasciato la chiave al *sergent de ville* Marchaud "in caso il signor Giraud ne avesse avuto bisogno". Era probabile che il detective della Sûreté, dopo averla usata, l'avesse restituita a Marchaud. L'agente in questione stava di guardia alla porta del *salon*. Si sentiva all'interno un mormorio di voci.

— Il signore desidera Hautet? È dentro. Sta ancora interrogando Françoise.

— No, no — dissi in fretta — non ho bisogno di lui, ma della chiave della rimessa dietro la casa, se non è contro le regole.

— Ma certo, *monsieur*. Eccola. Il giudice ha dato disposizioni perché venga messo a vostra disposizione tutto ciò di cui avete bisogno. Me la renderete quando avrete finito.

— Certo.

Sentii un brivido di soddisfazione perché avevo capito che Marchaud mi metteva sullo stesso piano di Poirot. La ragazza mi stava aspettando. Lanciò un gridolino di gioia quando mi vide tornare con la chiave in mano.

— Ce l'avete fatta!

— È chiaro — risposi un po' asciutto. — Comunque sto facendo una cosa molto irregolare.

— Siete stato un tesoro e non lo dimenticherò. Andiamo. Dalla casa non possono vederci, vero?

— Sentite. Io non vi fermerò, se proprio volete entrare. Ma lo volete davvero? Avete visto il luogo del delitto, la fossa, vi ho raccontato tutti i particolari. Non basta? Non sarà uno spettacolo piacevole... ve ne rendete conto?

Mi guardò per un attimo con una espressione insondabile. Poi scoppiò a ridere.

— Adoro il macabro. Andiamo.

Aprii la porta della rimessa ed entrammo. Mi chinai sul corpo e lentamente tolsi il lenzuolo che lo ricopriva. Sentii la ragazza trattenere il fiato e la guardai. Sul suo viso ora c'era un'espressione di orrore. Tutta la sua spavalderia era andata in frantumi. Non aveva voluto ascoltare i miei consigli e ora veniva duramente punita. Non provavo nessuna pena per lei. Stava pagando la sua cocciutaggine. Rivoltai il cadavere.

— Vedete — dissi. — È stato pugnalato nella schiena.

— Con cosa? — boccheggiò.

Feci un cenno in direzione del barattolo di vetro. — Con quel pugnale.

Ad un tratto la ragazza barcollò e poi cadde di schianto sul pavimento.

Mi precipitai su di lei.

— Ecco, siete svenuta. Andiamo fuori di qui. È stato uno shock troppo violento per voi...

— Acqua... acqua... — continuava a mormorare.

Mi precipitai in casa. Per fortuna non c'erano domestici in

giro per cui riuscii a procurarmi un bicchier d'acqua senza dover dare spiegazioni a nessuno. Nell'acqua versai anche alcune gocce di brandy.

La ragazza era ancora per terra, come l'avevo lasciata, ma dopo aver bevuto, si riprese meravigliosamente.

— Portatemi fuori di qui... subito! — mi disse rabbrividendo.

La condussi all'aria aperta. Lei si chiuse la porta alle spalle e tirò un lungo respiro. — Ora va meglio. È stato orribile. Perché mi avete lasciato entrare?

Sorrisi perché questo era un atteggiamento tipicamente femminile. In fondo, ero quasi contento che fosse svenuta. Se non altro dimostrava che non era poi così insensibile e dura come voleva far credere. Era ancora una ragazzina e si era lasciata sopraffare dalla curiosità.

— Ho fatto di tutto per fermarvi — risposi.

— È vero. Be', arrivederci.

— Sentite... non potete andarvene così... tutta sola. Non siete ancora abbastanza in forze. Insisto per riaccompagnarvi a Merlinville.

— Assurdo. Sto benissimo, ora.

— Ma potreste svenire ancora. No, devo venire con voi.

Nonostante le sue obiezioni, riuscii a convincerla a farsi scortare almeno fino alle porte della città. Tornammo sui nostri passi, passammo di nuovo davanti alla fossa e ci mettemmo sulla strada. Nel punto in cui cominciavano i primi negozi si fermò e mi tese la mano.

— Arrivederci — disse. — E grazie di tutto.

— State proprio bene?

— Benissimo, grazie. Spero che non avrete noie per causa mia.

La rassicurai.

— Addio — disse lei.

— Arrivederci — la corressi. — Se vi fermate qui potremmo incontrarci di nuovo.

— Va bene. Arrivederci, allora.

— Un momento... non mi avete detto dove abitate.

— Oh, sto all'Hotel du Phare. È un alberghino tranquillo e dignitoso. Venite a trovarmi domani.

— Verrò.

La seguii con lo sguardo finché non scomparve e poi lentamente mi incamminai verso la villa. Mi ricordai di non aver chiuso a chiave la porta della rimessa. Per fortuna, nessuno se ne era accorto. Chiusi, tolsi la chiave e la riconsegnai al *sergent de ville*. E all'improvviso mi venne in mente che Cenerentola mi aveva dato il suo indirizzo, ma ancora non sapevo il suo vero nome.

IX
Giraud scopre alcuni indizi

Nel salotto trovai il giudice istruttore che stava interrogando il vecchio giardiniere Auguste. Erano presenti Poirot e il commissario e appena entrai mi accolsero con un sorriso. Senza far rumore, mi sedetti su una sedia. Il signor Hautet interrogava con molta pazienza e meticolosità ma non riuscì a ricavarne nulla di nuovo.

Auguste ammise che i guanti da giardiniere erano suoi. Li metteva quando doveva toccare certe varietà di primule che erano velenose. No, non ricordava quando li aveva portati l'ultima volta. No, non li aveva persi. Dove li teneva? Un po' qua e un po' là. La vanga di solito veniva messa nel capanno degli attrezzi. Era chiuso a chiave? Certo che era chiuso. E la chiave chi la teneva? *Parbleu*, la chiave veniva lasciata nella serratura, non c'era nulla da rubare là dentro. Chi poteva prevedere che sarebbero arrivati quei banditi, quegli assassini? Queste cose non succedevano ai tempi di *madame la vicomtesse*!

Hautet congedò il vecchio. Memore dell'importanza che Poirot aveva dato alle impronte nelle aiuole, durante l'interrogatorio avevo attentamente osservato il vecchio mentre rispondeva alle domande del giudice. E ne trassi la conclusione che o non aveva proprio nulla a che fare col crimine oppure era un attore consumato. Proprio mentre stava per uscire, un'idea mi attraversò la mente.

— *Pardon*, signor Hautet — dissi. — Permettete che gli faccia una domanda?

— Certamente, *monsieur*.

— Dove tenete gli stivali? — domandai ad Auguste.

— *Sac à papier!* — rispose sgarbato il vecchio. — Sui miei piedi, e dove se no?

— Ma la sera quando andate a dormire?

— Sotto il letto.

— E chi li pulisce?

— Nessuno. E perché si dovrebbero pulire? Non sono mica un giovincello che va a pavoneggiarsi sul lungomare! Alla domenica, certo, metto gli stivali della domenica, ma gli altri giorni... — si strinse nelle spalle.

Scossi il capo, scoraggiato.

— Be' — disse il giudice — non abbiamo fatto molti progressi. E saremo fermi finché non riceveremo notizie da Santiago. Qualcuno ha visto Giraud? Devo dire che manca di educazione! Avrei proprio voglia di convocarlo e di...

— Risparmiatevi la fatica, signor giudice. — Giraud stava in piedi fuori dalla finestra. Con un balzo entrò in salotto e si avvicinò al tavolo. — Eccomi qua, ai vostri ordini. Accettate le mie scuse per non essermi presentato prima.

— Non importa, non importa — rispose il giudice un po' imbarazzato.

— Io sono solo un detective — spiegò Giraud. — Non me ne intendo di interrogatori. Però nel caso dovessi farne uno, mi preoccuperei di chiudere le finestre! Fuori si sente tutto.

Il signor Hautet avvampò di rabbia. Non c'era molta cordialità tra il giudice istruttore e il detective incaricato del caso. Si erano urtati sin dal primo momento e la reciproca antipatia era palese. Per Giraud tutti i giudici erano stupidi e Hautet, che invece si prendeva molto seriamente, riteneva offensivo il modo di fare troppo disinvolto del detective parigino.

— *Eh, bien*, signor Giraud — disse il giudice piuttosto asciutto. — Senza dubbio avete impiegato meglio di noi il vostro tempo. Sapete già i nomi degli assassini? E anche dove si trovano in questo momento?

— So per lo meno da dove sono venuti — rispose Giraud per nulla toccato dal sarcasmo del giudice.

— *Comment?*

Giraud si tolse di tasca due piccoli oggetti e li depose sul tavolo. Tutti ci avvicinammo incuriositi. C'erano un mozzicone di sigaretta e un fiammifero non ancora usato. Il detective si rivolse a Poirot.

— Che cosa vedete? — domandò in un tono sgarbato che mi irritò.

Ma Poirot rimase impassibile. Si strinse nelle spalle e rispose: — Un mozzicone di sigaretta e un fiammifero.

— E che cosa vi dicono?

Poirot allargò le braccia. — Non mi dicono nulla.

— Ah! — fece Giraud soddisfatto. — Non avete esaminato bene questi oggetti. Questo non è un comune fiammifero. È di un tipo che non si trova in questo paese, ma si trova invece in Sud America. Per fortuna non è stato usato. Altrimenti non avrei potuto riconoscerlo. Evidentemente uno dei tre uomini ha gettato il mozzicone, poi ha acceso un'altra sigaretta e ha perso un fiammifero.

— E l'altro? — domandò Poirot serafico.

— Quale altro?

— Quello col quale ha acceso la sigaretta. L'avete trovato?

— No.

— Forse non avete cercato con attenzione.

Per un attimo sembrò che Giraud dovesse scoppiare, ma riuscì a controllarsi. — Vedo che vi piace scherzare, Poirot. Ma in ogni modo, fiammifero o non fiammifero, mi pare che il mozzicone dovrebbe bastare. Si tratta di una sigaretta sud americana confezionata con carta aromatizzata alla liquerizia.

Poirot fece un inchino.

— Forse la sigaretta e il fiammifero appartenevano al signor Renauld — ipotizzò il commissario. — Ricordate, fino a due anni fa è vissuto in Sud America.

— No — rispose l'altro sicuro del fatto suo. — Ho già controllato fra gli effetti personali del signor Renauld. Usava fiammiferi e fumava sigarette completamente diversi.

— E non vi pare strano — disse Poirot — che questi stranieri siano arrivati qui senza arma, senza guanti, senza vanga e che abbiano trovato tutto a portata di mano?

Giraud sorrise dall'alto della sua superiorità.

— È strano, infatti. Ma senza queste premesse la mia teoria non starebbe in piedi.

— Ah — disse Hautet. — Voi quindi pensate a un complice all'interno della casa?

— O anche fuori — disse Giraud sempre sorridendo.

— Ma qualcuno deve pur averli fatti entrare. Non possiamo certo pensare che sia stato soltanto un colpo di fortuna a far trovar loro la porta socchiusa!

— *D'accord*, signor giudice. La porta è stata aperta da qualcuno... ma avrebbe anche potuto essere stata aperta dall'esterno da qualcuno che possedeva la chiave.

— Ma chi possedeva la chiave?

Giraud si strinse nelle spalle.

— È chiaro che chi ce l'ha non è disposto ad ammetterlo, per ora. Ma diverse persone avrebbero potuto averla. Il signor Jack Renauld, il figlio, per esempio. È vero che è in viaggio per il Sud America, ma potrebbe averla persa, oppure qualcuno potrebbe avergliela sottratta. Poi c'è il giardiniere... è qui da tanti anni. Una delle giovani domestiche potrebbe avere un fidanzato. È talmente facile prendere l'impronta di una serratura e farsi fare una chiave... Come vedete, ci sono tante possibilità. E infine, secondo me, c'è un'altra persona che possiede una chiave...

— E chi sarebbe?

— *Madame* Daubreuil — sentenziò Giraud.

— Dunque — disse il giudice — anche voi siete al corrente di questa storia.

— Io sono al corrente di tutto.

— Eppure giurerei che c'è una cosa che ancora non sapete — insistette Hautet al quale non sembrava vero di segnare un punto in proprio favore. Snocciolò quindi la storia della misteriosa visitatrice della sera precedente. Poi parlò dell'assegno col nome "Duveen" e infine porse a Giraud la lettera firmata "Bella".

Giraud ascoltò con molta attenzione, studiò la lettera e poi la restituì al giudice.

— Molto interessante, signor giudice — disse. — Ma tutto questo non intacca la mia teoria.

— E qual è la vostra teoria?

— Per il momento preferirei non dirlo. Ricordate, sono ancora all'inizio delle indagini.

— Ditemi una cosa, signor Giraud — intervenne Poirot. — La vostra teoria ammette che la porta di casa fosse aperta. Ma non spiega come mai è stata lasciata aperta. Quando se ne sono andati, non sarebbe stato naturale chiuderla? Se un agente di ronda fosse passato davanti alla casa avrebbe potuto accorgersene e andare a vedere.

— Devo ammettere che hanno commesso un errore.

A questo punto, con mia grande sorpresa, Poirot pronunciò più o meno le stesse parole che aveva detto a Bex la sera precedente: — Non sono d'accordo con voi. La porta lasciata aperta è la conseguenza o di un disegno prestabilito o di una necessità, e qualsiasi teoria che scarta questo fatto è destinata a crollare.

Tutti lo guardammo stupiti. Giraud aveva voluto umiliarlo e ora si stava prendendo la rivincita sul grande Giraud. Il detective guardò il mio amico con aria canzonatoria.

— Dunque, non siete d'accordo con me? Be', allora sentiamo il vostro punto di vista. Che cosa vi ha particolarmente colpito in questo caso?

— Una cosa mi sembra particolarmente significativa. Signor Giraud, in questo caso, non c'è qualcosa di già noto?

— Già noto? Ma... devo pensarci... non mi pare proprio!

— Ebbene, vi sbagliate — sentenziò Poirot. — Un delitto molto simile a questo è già stato commesso tempo fa.

— Quando? E dove?

— Purtroppo per il momento i particolari non riesco a ricordarmeli. Ma mi verrà in mente. Avevo sperato nel vostro aiuto.

Giraud sorrise incredulo. — Quanti crimini sono stati commessi da uomini mascherati? Moltissimi! Certo non me li posso ricordare tutti ma in genere i delitti più o meno si assomigliano.

— Ma c'è una cosa che definirei il tocco personale. — Poirot assunse l'aria del conferenziere e si rivolse a tutti noi. — Vi sto parlando della psicologia del crimine. Il signor Giraud sa benissimo che ogni criminale ha un suo metodo e che la polizia, quando è chiamata a investigare, per esempio su un caso di furto con scasso, spesso riesce a risalire al colpevole grazie unicamente al metodo che lui ha usato. (Japp confermerebbe quanto sto dicendo, Hastings.) L'uomo è un animale privo di originalità. Non è originale all'interno della legge quando conduce una vita rispettabile e non è originale nemmeno al di fuori della legge. Se un uomo commette un delitto, ogni altro delitto che commetterà in seguito sarà uguale, nella modalità, al primo. Emblematico è il caso di quell'assassino inglese che ha ucciso, una dopo l'altra, le mogli affogandole nella vasca da bagno. Se avesse variato il metodo, forse non sarebbe mai stato preso. Ma lui aveva obbedito ai dettami della natura umana, convinto che essendogli andata bene la prima volta, gli sarebbe andata bene per sempre. E alla fine ha pagato lo scotto della sua mancanza di originalità.

— E qual è la conclusione di questo lungo discorso? — ironizzò Giraud.

— La conclusione è che se sono stati commessi due crimini similari nella programmazione e nella esecuzione, allora il cervello che li ha architettati è uno solo. Io sto cercando quel cervello, signor Giraud; e lo troverò. Questo è un vero indizio: un indizio psicologico. Voi saprete tutto su mozziconi di sigarette e cerini, signor Giraud, ma io, Hercule Poirot, conosco l'animo umano — concluse enfatico e teatrale come sempre.

Giraud rimase del tutto impassibile.

— E tanto per mettervi sulla pista giusta — aggiunse Poirot — vi consiglierò anche di non sottovalutare un certo fatto, che forse vi è sfuggito. L'orologio da polso di *madame* Renauld, il giorno dopo la tragedia, era avanti di due ore. Forse vi interesserà esaminarlo.

Giraud lo guardò con gli occhi sbarrati.

— Forse aveva il difetto di correre?

— Infatti, così mi è stato detto.
— *Eh, bien*, allora è chiaro.
— Però due ore sono obiettivamente tante — rincarò soave Poirot. — E infine c'è la faccenda delle orme sulle aiuole.
Giraud andò alla finestra e guardò fuori.
— Questa aiuola?
— Sì.
— Ma io non vedo impronte!
— Infatti — rispose Poirot, rimettendo in ordine una pila di libri su un tavolino. — Non ce ne sono.
Per un attimo la collera contrasse il viso di Giraud. Fece due passi verso il suo seviziatore, ma in quel momento si aprì la porta del salotto e Marchaud annunciò: — Il signor Stonor, il segretario del signor Renauld, è arrivato adesso dall'Inghilterra Posso farlo entrare?

X
Gabriel Stonor

L'uomo che entrò era imponente. Altissimo, di struttura atletica, il viso abbronzato sembrò per un attimo dominare i presenti. Persino Giraud, accanto a lui, sembrava anemico. E quando ebbi modo di conoscerlo meglio, mi resi conto che Gabriel Stonor possedeva anche una notevole personalità. Inglese di nascita, aveva viaggiato in tutto il mondo. Aveva partecipato a grandi safari in Africa, era vissuto in Corea, era stato proprietario di un ranch in California e aveva commerciato nelle isole del sud. Era stato segretario di un pezzo grosso delle ferrovie a New York e aveva trascorso un anno intero accampato nel deserto con una tribù di beduini.
Il suo sguardo si posò subito su Hautet.
— Siete il magistrato incaricato delle indagini, vero? Piacere di conoscervi, signor giudice. Che faccenda terribile! Come sta la signora Renauld? Come ha affrontato questa prova? Dev'essere stato un tremendo shock per lei.
— Tremendo, tremendo — disse Hautet. — E ora, permettetemi di presentarvi il signor Bex, il nostro commissario di polizia e il signor Giraud della Sûreté. Questo signore è invece Hercule Poirot. Il signor Renauld l'aveva mandato a chiamare, ma non è arrivato in tempo per evitare la tragedia. Ed ecco il capitano Hastings, amico e collaboratore di Poirot.
Stonor osservò Poirot con un certo interesse.

— Mandato a chiamare? — domandò.

— Allora voi non siete al corrente che il signor Renauld aveva chiesto l'aiuto di un detective? — domandò Bex.

— No, assolutamente. Ma non mi sorprende.

— Come mai?

— Perché il signor Renauld era nervoso, irritabile. Non so per quale motivo. Non si confidava con me. Non avevamo questo tipo di rapporto. Ma comunque era... sconvolto, ecco.

— Però non ne sapete il motivo — ripeté Hautet.

— Proprio così, signore.

— Scusate, signor Stonor, ma dobbiamo assolvere alcune formalità. Il vostro nome?

— Gabriel Stonor.

— Da quanto tempo siete segretario del signor Renauld?

— Da due anni, da quando cioè lui è tornato dal Sud America. Mi è stato presentato da un amico comune e lui mi ha subito offerto il posto. È stato un ottimo principale.

— Vi ha parlato della sua vita in Sud America?

— Sì, abbastanza.

— Sapete se era andato qualche volta a Santiago?

— Diverse volte, credo.

— Non vi ha mai parlato di qualche incidente che gli era sucesso laggiù... qualcosa che avrebbe potuto innescare una vendetta?

— Mai.

— Vi ha mai accennato a un particolare segreto di cui era venuto a conoscenza durante uno dei suoi soggiorni in quella città?

— No.

— Non vi ha mai parlato di un segreto?

— No, che io ricordi. Ma comunque c'era un mistero attorno a lui. Per esempio, non l'ho mai sentito parlare della sua infanzia, del periodo precedente al trasferimento in Sud America. Di nascita era franco-canadese, credo, ma della sua vita in Canada non ha mai detto nulla. Quando voleva, era chiuso come un'ostrica.

— Per cui, a quanto ne sapete, non aveva nemici e voi non siete in grado di fornirci qualche indicazione utile su questo segreto che dovrebbe essere stato la causa della sua morte?

— Ripeto, non so nulla.

— Signor Stonor, avete mai sentito il nome Duveen in rapporto col signor Renauld?

— Duveen, Duveen. Mi pare proprio di no... eppure quel nome ha qualcosa di familiare.

— Conoscete una signora, un amica dei signor Renauld, che si chiama Bella?

Gabriel Stonor scosse il capo.

— Bella Duveen? È questo il nome completo? È curioso, sono sicuro di averlo già sentito, ma in questo momento non riesco a ricordare.

Il magistrato si schiarì la voce.

— Signor Stonor... voi certo capite che in un caso come questo non bisogna aver paura di dire cose che potrebbero essere, come dire... sgradevoli. Capisco i vostri sentimenti nei confronti della signora Renauld per la quale senz'altro nutrite la più profonda stima, ma... *enfin*! — il signor Hautet fece una pausa ad effetto — non ci possono essere reticenze.

Stonor lo stava guardando con gli occhi sbarrati e un'espressione meravigliata.

— Non vi capisco — rispose. — Cosa c'entra la signora Renauld? È vero che nutro un immenso rispetto e affetto per lei. È una donna meravigliosa, rara, ma non riesco a capire, ripeto, come mie eventuali reticenze possano riguardarla.

— Nemmeno se dovesse risultare che questa Bella Duveen era qualcosa di più di una semplice amica per il signor Renauld?

— Ah! — fece Stonor. — Adesso capisco. Ma scommetto la testa che vi state sbagliando. Renauld non è mai stato un donnaiolo. Adorava sua moglie. Erano una delle coppie più perfette che io abbia mai conosciuto.

— Signor Stonor, noi siamo in possesso di una prova inconfutabile. C'è una lettera d'amore scritta da questa Bella al signor Renauld, in cui lo accusa di non amarla più. Inoltre, abbiamo un'ulteriore prova che, al momento della sua morte, Renauld aveva una relazione con una signora francese, *madame* Daubreuil, che abita nella villa accanto. E questo sarebbe l'uomo che, secondo voi, non è mai corso appresso alle sottane?

Il segretario strinse gli occhi.

— Scusatemi, signore, ma credo che abbiate infilato la strada sbagliata. Conoscevo Paul Renauld. Ciò che voi sostenete è impossibile. Ci dev'essere qualche altra spiegazione.

Il magistrato si strinse nelle spalle.

— E quale spiegazione ci potrebbe essere?

— Che cosa vi ha indotto a pensare a una relazione extraconiugale?

— *Madame* Daubreuil veniva a trovarlo tutte le sere. Inoltre, da quando il signor Renauld era venuto ad abitare a Villa

Geneviève, *madame* Daubreuil aveva versato grosse somme sul proprio conto in banca. Un totale di quattromila sterline.

— Esatto — disse Stonor. — Io stesso, su richiesta del signor Renauld, ho trasferito queste somme. Ma non si trattava di un intrigo amoroso.

— *Mon Dieu!* E di cosa si trattava, allora?

— Ricatto! — gridò Stonor, calando un pugno sul tavolo. — Ecco cos'era!

— *Ah, voilà une idée!* — esclamò il magistrato piuttosto turbato.

— Ricatto — ripeté Stonor. — Il signor Renauld subiva forti salassi, ve lo dico io. Quattromila sterline in un paio di mesi. Accidenti! Non vi ho detto che c'era un mistero nella sua vita? Evidentemente questa Daubreuil ne sapeva abbastanza per estorcergli quello che voleva.

— È possibile — ammise il commissario. — Sì, sì, è possibile.

— Possibile? — tuonò Stonor. — È certo. Ditemi, avete parlato con la signora Renauld di questa vostra teoria su una relazione d'amore?

— No. Era ancora troppo scossa e abbiamo preferito evitarle un ulteriore dolore.

— Dolore? Ma vi avrebbe riso in faccia! Credetemi, lei e Renauld erano una coppia perfetta.

— Mi viene in mente un'altra cosa — disse Hautet. — Il signor Renauld vi ha confidato qualcosa circa le sue disposizioni testamentarie?

— So tutto. Il testamento l'ho portato io stesso all'avvocato. Se volete, vi do nome e indirizzo. Comunque ve lo posso riassumere. Metà del patrimonio in usufrutto alla moglie vita natural durante, l'altra metà al figlio. E poi alcuni lasciti. Credo che anche a me abbia lasciato un migliaio di sterline.

— Quando è stato scritto questo testamento?

— Oh, circa un anno e mezzo fa.

— Forse la cosa vi sorprenderà, signor Stonor, ma il signor Renauld aveva redatto un altro testamento meno di quindici giorni fa.

Stonor in effetti rimase molto stupito.

— Non ne avevo idea. E che cosa è cambiato?

— Lascia l'intero patrimonio alla moglie. Il figlio non viene nemmeno nominato.

Il signor Stonor emise un lungo fischio.

— È stato molto duro con quel ragazzo! Sua madre l'adora, certo, ma la gente penserà che il padre non avesse nessuna fiducia in lui. Un brutto colpo per il suo orgoglio. Comunque questa è un'ulteriore conferma di ciò che vi ho detto. I rapporti tra i coniugi Renauld erano ottimi.

— Già, già — fece Hautet. — Dovremo forse rivedere alcune idee su diversi punti. Abbiamo telegrafato a Santiago e stiamo aspettando una risposta da un momento all'altro, e forse tutto diventerà chiaro. D'altro canto, se la vostra ipotesi di ricatto è vera, *madame* Daubreuil ci dovrà fornire delle spiegazioni.

— Signor Stonor — intervenne a questo punto Poirot — l'autista inglese, Masters, da quanto tempo era alle dipendenze del signor Renauld?

— Più di un anno.

— Sapete per caso se in precedenza era stato in Sud America?

— Sono sicuro di no. Prima di essere assunto dal signor Renauld prestava servizio da molti anni presso una famiglia di Gloucestershire che io conosco molto bene.

— Quindi voi lo considerate al di sopra di ogni sospetto?

— Assolutamente.

Poirot tacque con un'aria un po' delusa.

Nel frattempo il magistrato aveva chiamato Marchaud.

— Avvertite la signora Renauld che avrei bisogno di parlarle. Ditele di non disturbarsi a scendere. Salirò io da lei.

Marchaud salutò e scomparve.

Aspettammo alcuni minuti e poi, con nostra sorpresa, si aprì la porta e la signora Renauld, mortalmente pallida, entrò nella stanza.

Il signor Hautet si precipitò a porgerle una sedia, protestando per il disturbo che si era data e lei lo ringraziò con un lieve sorriso. Stonor le prese la mano in un gesto di affettuosa partecipazione. La signora Renauld si rivolse a Hautet.

— Volevate chiedermi qualcosa, signor giudice?

— Col vostro permesso, *madame*. Ho saputo che vostro marito era di origine franco-canadese. Potete dirmi qualcosa della sua infanzia e della sua giovinezza?

La donna scosse il capo.

— *Monsieur*, mio marito era sempre stato molto reticente sulla sua vita. So che veniva dal Nord-Est e avevo intuito che la sua infanzia non era stata felice perché evitava sempre di parlarne. Vivevamo la nostra vita immersi solo nel presente e nel futuro.

— C'era forse qualche mistero nel suo passato?

La signora sorrise triste. — Niente di tanto teatrale, giudice.

Anche Hautet abbozzò un sorriso. — Dovete perdonarci, ma a volte noi tendiamo al melodramma. C'è ancora una cosa... — esitò.

Stonor si intromise con prepotenza.

— Signora — sbottò — si sono messi in testa un'idea pazzesca. Sono convinti che il signor Renauld avesse una relazione con una certa *madame* Daubreuil che abita in una villetta qui vicino.

La signora Renauld avvampò. Alzò il viso di scatto, si morsicò un labbro, il viso fremente. Stonor la guardava stupefatto, ma il signor Bex, chinandosi su di lei, le chiese dolcemente: — Ci dispiace procurarvi un dolore, *madame*, ma avete per caso motivo di credere che *madame* Daubreuil fosse l'amante di vostro marito?

Con un singulto di angoscia, la signora Renauld si nascose il viso tra le mani. Le sue spalle erano scosse da brividi. Alla fine sollevò la testa e con voce rotta disse: — Forse lo era.

In vita mia non avevo mai visto nulla che potesse eguagliare l'espressione di allibito stupore sul viso di Stonor. Era completamente stravolto.

XI
Jack Renauld

Non posso purtroppo raccontare come sarebbe proseguita quella conversazione perché proprio in quel momento si spalancò la porta e nella stanza entrò un giovane alto. Per un attimo ebbi la strana sensazione che il signor Renauld fosse tornato in vita. Poi mi resi conto che i capelli neri di questo giovane non erano ancora stati sfiorati dall'argento e che colui che letteralmente si era catapultato in mezzo a noi era poco più di un ragazzo. Si precipitò verso la signora Renauld, ignorando la nostra presenza.

— Mamma!

— Jack! — La donna strinse il figlio tra le braccia. — Caro! Ma come mai sei qui? Non dovevi salpare due giorni fa da Cherbourg sull'*Anzora*? — Poi, di colpo, si ricordò della presenza degli altri. — Signori, mio figlio — disse con un certo orgoglio.

— Allora non siete partito? — domandò subito il signor Hautet.

— No, signore. La nave ha dovuto rimandare la partenza

di ventiquattrore per via di un guasto alle macchine. Sarei quindi dovuto salpare ieri sera, ma... ma ho comprato i giornali e ho letto il resoconto di questa... questa orribile tragedia che ci ha colpito... — La sua voce si ruppe e il giovane scoppiò a piangere. — Il mio poverò papà... povero papà...

Fissandolo come in sogno la signora Renauld ripeté: — Allora non sei partito? — E poi, con un gesto di infinita tristezza aggiunse, più a se stessa che agli altri: — Dopo tutto... non ha più importanza, ormai.

— Sedetevi, signor Renauld, vi prego — disse il signor Hautet, indicando una sedia. — Capisco il vostro dolore. Dev'essere stato un colpo terribile per voi apprendere la notizia nel modo in cui l'avete appresa... Però, è stata una fortuna che non siate partito, perché spero tanto che possiate fornirci qualche informazione che ci aiuti a chiarire il mistero.

— Sono a vostra disposizione, signor giudice. Chiedetemi quello che volete.

— Tanto per cominciare, ho saputo che avevate intrapreso questo viaggio per incarico di vostro padre.

— Esatto, signor giudice. Ho ricevuto un telegramma col quale mi pregava di partire senza indugio per Buenos Aires e da lì, via Ande, recarmi a Valparaiso e a Santiago.

— Ah... e lo scopo di questo viaggio?

— Non ne ho la più pallida idea, signor giudice.

— Come?

— No, guardate, ecco il telegramma.

Il magistrato prese il telegramma e lo lesse a voce alta.

> Vai direttamente a Cherbourg. Imbarcati su *Anzora* che salpa stasera per Buenos Aires. Ultima destinazione Santiago. Ulteriori istruzioni ti aspettano a Buenos Aires. Non mancare. Questione di massima importanza.
>
> Renauld

— Non esiste una corrispondenza precedente a questo proposito? — domandò il giudice.

Jack Renauld scosse il capo.

— È l'unica notizia che ho avuto. Sapevo, ovviamente, che mio padre, essendo vissuto per lungo tempo in Sud America, aveva molti interessi laggiù. Ma non aveva mai manifestato l'intenzione di mandarmici.

— Anche voi siete vissuto in Sud America, vero?

— Da piccolo. Ma ho studiato in Inghilterra dove ho trascorso anche quasi tutte le mie vacanze. Non so quasi nulla del

Sud America. La guerra è scoppiata quando avevo diciassette anni.

— Avete prestato servizio nell'aviazione inglese, vero?

— Sì, giudice.

Hautet annuì e poi continuò con le solite domande di rito. In risposta, Jack Renauld dichiarò di non sapere assolutamente se suo padre si fosse fatto dei nemici a Santiago, o in qualsiasi altro posto del Sud America, di non aver notato nessun cambiamento nel modo di fare del padre e di non aver mai sentito parlare di un segreto. Aveva pensato che il motivo di quel viaggio fosse una questione di affari.

Quando il signor Hautet fece una pausa, si sentì la voce di Giraud.

— Signor giudice, vorrei fare io qualche domanda, se permettete.

— Prego, signor Giraud, fate pure — rispose asciutto il giudice.

Giraud portò la sedia un po' più vicino al tavolo.

— Signor Renauld, eravate in buoni rapporti con vostro padre?

— Certo — rispose il giovane.

— Ne siete proprio sicuro?

— Sicurissimo.

— Nessuna baruffa?

Il giovane si strinse nelle spalle.

— Niente di più che qualche divergenza d'opinione di tanto in tanto.

— Bene, bene. Ma se qualcuno affermasse che avete avuto una lite violenta con vostro padre proprio il giorno prima della vostra partenza per Parigi, questo qualcuno mentirebbe?

Non potei fare a meno di ammirare la furbizia di Giraud. Quando si era vantato dicendo "so tutto", aveva detto la verità. Jack Renauld rimase un po' sconcertato dalla domanda.

— Be'... sì. . abbiamo avuto una discussione — finì per ammettere.

— Una discussione... e nel corso di questa discussione voi avete usato questa frase: "Quando sarai morto, potrò fare quello che voglio"?

— Può darsi... non ricordo...

— E in risposta a questa frase vostro padre pare che abbia detto: "Ma non sono ancora morto!". Al che voi avete risposto: "Vorrei che lo fossi!"

Il ragazzo tacque. Spostava nervosamente gli oggetti sul tavolo.

— Vorrei una risposta, signor Renauld — insistette Giraud.

Con un gesto rabbioso, il ragazzo buttò per terra un tagliacarte.

— E che importanza ha, ormai? — sbottò. — Tanto vale dirlo. Sì, ho litigato con mio padre. E posso anche aver detto quelle cose terribili... ero così fuori di me che non me lo ricordo nemmeno. Ero furioso! L'avrei ucciso, quel momento, ecco! Deducetene quello che volete! — Si appoggiò, sfinito, allo schienale della sedia.

Giraud sorrise e poi disse: — È tutto, signor Renauld, per il momento. Signor giudice, volete continuare voi l'interrogatorio?

— Certo — rispose Hautet. — Signor Renauld, potete dirmi perché avete litigato?

— Mi rifiuto di dirlo.

Il signor Hautet balzò in piedi. — Signor Renauld, non è consentito ostacolare la giustizia — tuonò. — Ripeto la domanda: qual era il motivo della vostra lite?

Il giovane rimase in silenzio, il viso dall'espressione ostinata. Ma un'altra voce parlò, una voce imperturbabile e calma. La voce di Hercule Poirot.

— Ve lo dirò io, se volete, signor giudice.

— Voi sapete?

— Certo che so. La causa della lite era *mademoiselle* Marthe Daubreuil.

Renauld trasalì. Il magistrato si chinò in avanti.

— È vero, *monsieur*?

Il giovane Renauld chinò il capo.

— Sì — ammise. — Amo *mademoiselle* Daubreuil e desidero sposarla. Quando ho informato mio padre dei miei progetti, è stato preso da un accesso di collera feroce. Non potevo permettere che insultasse la ragazza che amo e così, anch'io, ho perso il controllo.

Il signor Hautet guardò la signora Renauld.

— Voi eravate al corrente di questa storia, signora?

— Lo temevo soltanto — rispose la donna asciutta.

— Mamma! Anche tu! — gridò il ragazzo. — Marthe è buona quanto bella. Che cos'hai contro di lei?

— Non ho nulla contro la signorina Daubreuil, ma preferirei che tu sposassi una ragazza inglese o comunque non una ragazza con una madre che ha un passato ambiguo.

La sua voce tradiva il rancore per l'altra donna e io capii

quanto doveva aver sofferto, vedendo suo figlio innamorarsi della figlia della rivale.

— Avrei dovuto forse parlarne a mio marito — continuò la signora rivolta al magistrato — ma speravo che si trattasse di un innocente flirt tra ragazzi, di quelli che finiscono ancor prima di nascere. Ho sbagliato a tacere, ora lo capisco, ma mio marito era già tanto preoccupato e inquieto negli ultimi tempi che non volevo dargli ulteriori preoccupazioni.

Hautet annuì.

— Quando avete informato vostro padre — disse al giovane Renauld — delle vostre intenzioni riguardo *mademoiselle* Daubreuil, è rimasto sorpreso?

— Allibito, più che altro. Mi ha ordinato perentoriamente di togliermi una simile idea dalla testa. Ha detto che mai avrebbe dato il suo consenso a questo matrimonio. Irritato gli ho chiesto che cosa avesse contro Marthe. Non mi ha dato una risposta chiara, ma ha parlato in termini gergali del mistero che avvolgeva la vita della madre e di conseguenza anche della figlia. Io ho risposto che avrei sposato Marthe e non sua madre e il suo passato e allora lui ha cominciato a gridare che non voleva più sentire parlare di questo argomento. Non c'erano alternative, dovevo considerare chiusa la faccenda. Questa grande ingiustizia mi ha fatto montare su tutte le furie soprattutto perché lui stesso sembrava premuroso nei confronti delle signore Daubreuil e aveva più volte detto che avremmo dovuto invitarle a casa. Ho perso la testa e abbiamo litigato come due tigri inferocite. Mio padre non ha mancato di ricordarmi che economicamente dipendevo da lui e dev'essere stato dopo questa affermazione che probabilmente ho detto quella malaugurata frase...

Poirot lo interruppe per fare una domanda. — Eravate a conoscenza del contenuto del testamento di vostro padre?

— Sapevo che aveva lasciato metà del patrimonio a me e l'altra metà in usufrutto alla mamma. Alla sua morte io sarei venuto in possesso di tutto.

— Continuate con la vostra storia — esortò il magistrato.

— Abbiamo continuato a discutere finché non mi sono reso conto che rischiavo di perdere il treno per Parigi. Dovevo precipitarmi alla stazione. Poi, una volta partito, mi sono calmato. Ho scritto a Marthe per informarla di ciò che era successo e la sua risposta mi è stata di grande aiuto. Mi faceva infatti capire che avremmo dovuto tener duro e che alla fine tutti gli ostacoli a poco a poco sarebbero caduti. Era una dura prova alla quale veniva sottoposto il nostro amore e mio padre col tempo si sarebbe reso conto che non si trattava di una infatuazione passeggera. Certo, a lei non avevo spiegato il vero motivo che mio padre aveva addotto per opporsi a questa unione. Ma d'altro canto avevo anche capito che con la violenza non avrei fatto che peggiòrare la mia situazione. Mio padre poi mi ha scritto diverse lettere a Parigi, affettuose, senza nessun riferimento alla nostra lite e io ho risposto nel medesimo tono.

— Avete quelle lettere? — domandò Giraud.

— Non le ho tenute.

— Pazienza — fece il detective.

Jack Renauld lo guardò un po' perplesso.

— Passiamo a un altro argomento — disse il giudice. — Conoscete il nome Duveen, signor Renauld?

— Duveen? — ripeté il giovane. — Duveen? — Si piegò in avanti e raccolse il tagliacarte che aveva fatto cadere. Mentre si risollevava i suoi occhi incontrarono lo sguardo di Giraud. — No, mi pare proprio di no.

— Volete leggere questa lettera, signor Renauld? E poi ditemi se avete idea di chi possa essere la persona che l'ha scritta.

Jack Renauld prese la lettera, la lesse e arrossì violentemente.

— Era indirizzata a mio padre? — Nel suo tono c'era emozione e indignazione.

— Sì, l'abbiamo trovata nella tasca del suo soprabito.

— Mia... — Esitò e guardò la madre. Il magistrato capì.

— No, non ancora. Allora siete in grado di dirci chi potrebbe averla scritta?

— Non ne ho la più pallida idea.

Il signor Hautet sospirò.

— Una faccenda molto misteriosa. Bene, per ora lasciamo perdere la lettera. Che ne pensate, signor Giraud? Non abbiamo fatto grandi progressi, vero?

— Infatti — ammise il detective.

— Eppure — sospirò il magistrato — all'inizio sembrava un caso tanto bello e semplice! — Colse lo sguardo della signora Renauld e arrossì, imbarazzato. — Eh, sì... — si schiarì la voce e finse di frugare fra le carte sparse sul tavolo. — Vediamo. Dove eravamo rimasti? Ah, l'arma. Temo di dovervi dare un altro dispiacere, signor Renauld, perché si tratta di un regalo che avete fatto a vostra madre. Molto triste... molto sconfortante...

Jack Renauld si chinò in avanti, pallidissimo.

— Volete dire... che mio padre è stato ucciso con quel tagliacarte fatto con metallo di aereo... Ma è impossibile! È troppo piccolo!

— Purtroppo è vero, signor Renauld! Un piccolo, ideale arnese... affilato e facile da maneggiare.

— Dov'è? Posso vederlo? È ancora nel... nel corpo?

— Oh, no, è stato tolto. Volete vederlo? Per esserne sicuro? Si può fare, anche se *madame* lo ha già riconosciuto. Signor Bex, volete provvedere?

— Certo, signor giudice, vado a prenderlo immediatamente.

— Non è meglio che portiate con voi alla rimessa anche il signor Renauld? — suggerì mellifluo Giraud. — Forse desidera vedere anche il corpo di suo padre.

Il ragazzo rabbrividì e fece cenno di no e il giudice, sempre felice di contraddire Giraud, rispose: — No... non per il momento. Il signor Bex gentilmente andrà a prenderlo.

Il commissario lasciò la stanza. Stonor si avvicinò a Jack e i due si scambiarono una vigorosa stretta di mano. Poirot si era alzato e stava raddrizzando alcune candele di un candelabro. Il magistrato leggeva per l'ennesima volta la misteriosa lettera d'amore, aggrappandosi disperatamente alla sua primaria teoria sul movente: la gelosia.

La porta si spalancò di colpo e il commissario si precipitò nella stanza. — Signor giudice! Signor giudice! — gridò.

— Cos'è successo?

— Il pugnale... è sparito!

— Come sparito?

— Sparito... svanito... scomparso. Il barattolo che lo conteneva è vuoto.

— Cosa? — gridai io. — Impossibile. L'ho visto stamattina... — e nello stesso momento mi sarei morsicato la lingua.

Ma ormai tutti mi stavano guardando.

— Come avete detto? — mi domandò il commissario. — Questa mattina?

— L'ho visto là stamattina — risposi imbarazzato. — Circa un'ora e mezza fa, per essere precisi.

— Dunque siete andato nella rimessa. Come vi siete procurato la chiave?

— L'ho chiesta al *sergent de ville.*

— E siete andato là... come mai?

Esitai e poi decisi che l'unica cosa da fare era raccontare tutto.

— Signor giudice — confessai — ho commesso una grave scorrettezza per cui vi chiedo di essere indulgente.

— *Eh, bien*... sentiamo.

— Il fatto è che — cominciai, desiderando di sparire dalla terra — ho incontrato una signorina di mia conoscenza. Lei mi ha espresso il suo vivo desiderio di vedere la scena del delitto... e... be', io mi sono fatto dare la chiave e l'ho accontentata.

— Ah! — esclamò indignato il magistrato. — Lo sapete che è grave quello che avete fatto, capitano Hastings? E anche molto irregolare. Non avreste dovuto permettervi tale follia.

— Lo so — risposi avvilito. — Nulla di quello che mi direte sarà troppo severo.

— Non avete invitato questa signorina a venire qui?

— No, l'ho incontrata per caso. È una ragazza inglese che si trova momentaneamente a Merlinville in villeggiatura, ma questo io non lo sapevo finché non l'ho incontrata.

— E va be' — disse il giudice un po' placato. — Quello che avete fatto è irregolare, ripeto, ma suppongo che questa ragazza sia giovane e bella, *n'est-ce pas*? Ah, *jeunesse, jeunesse*! Che cosa meravigliosa!

Ma il commissario, meno romantico e più pratico, si affrettò a domandare: — Ma non avete chiuso la porta a chiave quando siete andati via?

— È proprio così — ammisi. — Per questo non riesco a perdonarmi. La mia amica alla vista del cadavere è quasi svenuta e allora io sono corso a prenderle un po' d'acqua e un po' di brandy. Poi ho insistito per riaccompagnarla in città. E in tutta quella febbrile eccitazione mi sono dimenticato di chiudere a chiave la porta. L'ho fatto però non appena sono tornato alla villa.

— Quindi circa venti minuti dopo — fece il commissario.

— Esattamente — confermai.

— Deplorevole — commentò Hautet di nuovo seccato. — Senza precedenti.

All'improvviso un'altra voce parlò.

— Voi lo trovate deplorevole, signor giudice? — domandò Giraud.

— Certo.

— Io invece lo trovo ammirevole — rispose l'altro imperterrito.

Questo inaspettato alleato mi sbalordì.

— Ammirevole, signor Giraud? — domandò il magistrato, studiando il suo antagonista con gli occhi socchiusi.

— Precisamente.

— E perché mai?

— Perché ora sappiamo che l'assassino, o un complice dell'assassino, un'ora fa si trovava nelle vicinanze della villa. E sarebbe strano se, sapendolo, non arrivassimo a prenderlo. — C'era un tono minaccioso nella voce. — Ha rischiato molto per rientrare in possesso dell'arma. Forse temeva che le impronte digitali potessero tradirlo.

Poirot si rivolse a Bex.

— Ma voi non avevate detto che non ce n'erano?

Giraud si strinse nelle spalle.

— Forse l'assassino non ne era sicuro — disse.

Poirot lo guardò. — Vi sbagliate, signor Giraud. L'assassino portava i guanti per cui doveva essere sicuro.

— Io non ho detto che sia stato proprio l'assassino a rubare l'arma. Ho detto che poteva essere stato anche un complice che non era a conoscenza di questo particolare.

— *Ils sont mal renseignés les accomplices!* — borbottò Poirot, ma non aggiunse altro.

Il cancelliere raccolse i fogli sparsi sul tavolo. E Hautet parlò, rivolto a tutti i presenti: — Per ora il nostro lavoro qui è finito. Signor Renauld, forse vorrete ascoltare la lettura della vostra deposizione. Io ho di proposito agito nella maniera più informale possibile. Mi è stato più volte detto che ho dei metodi originali, ma sostengo che ci sarebbe molto da dire in fatto di originalità. Il caso è ora nelle abili mani del signor Giraud e senza dubbio ne uscirà vittorioso. Infatti, mi meraviglio che ancora non sia riuscito a catturare gli assassini. *Madame*, una volta di più vi esprimo le mie più sentite condoglianze. Signori, buona giornata a tutti! — E accompagnato dal cancelliere e dal commissario se ne andò.

Poirot consultò il suo cipollone da taschino.

— È ora di tornare in albergo per la colazione, amico mio — mi disse. — E mi racconterete di nuovo, per filo e per segno, la vostra bravata di stamattina. Nessuno ci osserva. Non abbiamo bisogno di salutare...

In silenzio lasciammo la stanza. L'automobile del giudice istruttore se n'era appena andata. Stavo scendendo i gradini quando la voce di Poirot mi fermò.

— Un attimo, amico mio — disse. Si tolse un metro avvolgibile di tasca e con aria solenne prese a misurare la lunghezza di un soprabito appeso all'attaccapanni nell'atrio. Non l'avevo visto prima e pensai che appartenesse al signor Stonor o al giovane Renauld.

Infine, con aria soddisfatta, Poirot riavvolse il metro, se lo infilò di nuovo in tasca e mi seguì all'aria aperta.

XII
Poirot chiarisce alcuni particolari

— Perché avete misurato quel soprabito? — domandai incuriosito mentre lentamente ci avviavamo lungo la strada assolata e polverosa.

— *Parbleu!* Per vedere quanto era lungo! — rispose imperturbabile il mio amico.

Ero seccato. Poirot non perdeva mai l'abitudine di fare un mistero di tutto e io ancora non avevo imparato a non irritarmi. Rimasi silenzioso, seguendo il corso dei miei pensieri. Sul momento non vi avevo badato, ma ora mi tornavano alla mente alcune parole dette dalla signora Renauld al figlio e mi parve che avessero un particolare significato. "Allora non sei partito?" aveva esclamato e poi aveva aggiunto "*Dopo tutto non ha più importanza, ormai.*"

Che cosa aveva voluto dire in realtà? Quelle parole erano enigmatiche e nello stesso tempo significative. Era possibile che la donna sapesse più di quanto non supponessimo? Aveva affermato di non essere al corrente della misteriosa missione di cui il marito aveva incaricato il figlio. Ma era vero? Il suo silenzio faceva forse parte di un piano prestabilito?

Più ci pensavo e più mi convincevo d'aver ragione. La signora Renauld sapeva più cose di quante avesse deciso di dirci. Sorpresa nel vedere il figlio, si era tradita. Ero certo che conoscesse se non gli assassini, per lo meno il movente del delitto. Ma qualche misterioso motivo la costringeva al silenzio.

— Come siete meditabondo, amico mio — osservò Poirot, interrompendo le mie riflessioni. — Che cosa vi assorbe tanto?

Glielo dissi quasi certo di sentirmi prendere in giro. Ma con mia grande sorpresa lui annuì serio serio.

— Avete ragione, Hastings. Fin dall'inizio anch'io ho pensato che quella donna non ci avesse detto tutto. Ho persino sospettato che fosse se non l'ispiratrice, per lo meno complice nel delitto.

— L'avete sospettata? — gridai.

— Ma certo! Lei trae un enorme vantaggio dalla morte del marito. Anzi, con il nuovo testamento è l'unica beneficiaria. Così sin dall'inizio l'ho osservata con particolare attenzione. Avrete notato che non ho perso l'occasione di esaminarle i polsi. Volevo vedere se c'era una possibilità che si fosse legata e imbavagliata da sola. *Eh bien*, mi sono per lo meno reso conto che non c'era inganno, le corde erano state legate tanto strette da penetrarle nella carne. Il che escludeva la possibilità che avesse commesso il crimine da sola. Ma era pur sempre possibile una connivenza, era possibile che avesse istigato un complice. Inoltre, la storia, così come ce l'ha raccontata, mi era stranamente familiare... gli uomini mascherati che non era riuscita a riconoscere, l'allusione a un segreto... io ho già letto o sentito queste cose... E poi c'era un altro piccolo dettaglio che confermava il mio sospetto che quella donna non dicesse la verità. *L'orologio da polso, Hastings, l'orologio da polso*.

Ancora quell'orologio! Poirot mi guardava in maniera strana.

— Capite, *mon ami*?

— No — risposi di cattivo umore. — Non capisco proprio. Voi fate sempre il misterioso e so che è inutile chiedervi di spiegare. A voi piace tenere gli assi nella manica fino alla fine.

— Non prendetevela, amico mio — mi sorrise Poirot. — Vi spiegherò, se lo desiderate. Ma non una parola a Giraud, *c'est entendu*? Mi tratta come un povero vecchio. Vedremo! Per correttezza, gli ho dato un suggerimento. Se lui non ne vuole tenere conto, tanto peggio. O meglio.

Assicurai Poirot che poteva contare sulla mia discrezione.

— *C'est bien!* Usiamo allora le celluline grigie. Ditemi, amico mio, a che ora, secondo voi, è successa la tragedia?

— Diamine, alle due circa — risposi stupito. — Ricordate che la signora Renauld ci ha detto di aver sentito battere le ore quando gli uomini erano ancora nella stanza?

— Esattamente e quindi voi, il magistrato inquirente, Bex e tutti gli altri avete accettato senza discutere questo fatto. Ma io, Hercule Poirot, dico che la signora Renauld ha mentito. Il delitto è avvenuto per lo meno due ore prima!

— Ma i medici...

— I medici hanno dichiarato, dopo aver esaminato il corpo, che la morte era sopravvenuta sette, dieci ore prima. *Mon ami*, per qualche misteriosa ragione era indispensabile che risultasse che il crimine fosse avvenuto più tardi dell'ora in cui in effetti era stato perpetrato. Avrete già sentito di casi in cui un orologio rotto aveva registrato l'ora esatta del delitto? Quindi, per fare in modo che l'ora del delitto non risultasse soltanto dalla testimonianza della signora Renauld, qualcuno ha portato le lancette di quell'orologio sulle due di notte e poi lo ha scaraventato con violenza a terra. Ma, come spesso capita, qualcosa è andato storto. Il vetro dell'orologio si è rotto, ma il meccanismo ha continuato a funzionare. Un fatto molto pericoloso per loro perché ha attirato la mia attenzione su due punti: primo che la signora Renauld mentiva e secondo che doveva esserci qualche motivo vitale per posticipare l'ora.

— Ma che motivo potrebbe essere?

— Ah, questo è il problema! Qui sta il mistero. Al momento, non sono ancora in grado di spiegarlo. C'è solo un fatto che potrebbe quadrare con gli avvenimenti.

— E cioè?

— L'ultimo treno lascia la stazione di Merlinville diciassette minuti dopo mezzanotte.

— Perciò se il delitto fosse avvenuto due ore dopo, chiunque sia partito con quel treno avrebbe un alibi perfetto.

— Esatto, Hastings. Avete colto nel segno!

— Ma dobbiamo subito informarci alla stazione! — dissi agitato. — Due forestieri che hanno preso quel treno a quell'ora non saranno certo passati inosservati. Andiamoci subito.

— Siete proprio convinto, Hastings?

— Certo, bisogna andare adesso.

Poirot cercò di calmare il mio ardore, posandomi una mano sul braccio. — Andate, se volete, *mon ami*... ma se lo fate non chiedete informazioni su due forestieri.

Lo guardai stupito e lui aggiunse con una certa impazienza: — Ma non crederete davvero a questa favola? Gli uomini mascherati e tutto il resto di *cette histoire-là*?

Non seppi cosa rispondere. Le sue parole mi avevano preso alla sprovvista.

— Mi avete sentito — riprese lui calmo — dire a Giraud che tutti i particolari di questo crimine mi erano familiari, no? *Eh bien*, questo presuppone due cose: o il cervello che ha ideato il primo crimine ha ideato anche questo, oppure una serie di articoli su una *cause célèbre* è rimasta inconsciamente nella memoria dell'assassino e gliene ha suggerito i particolari. Mi pronuncerò definitivamente su questo punto in seguito... — si interruppe bruscamente.

— Ma la lettera del signor Renauld? — domandai. — Fa un riferimento preciso a un segreto e a Santiago.

— Senza dubbio c'era un segreto nella vita di Renauld... questo è certo. D'altro canto, secondo me, il nome di Santiago è solo un'esca che viene costantemente messa sui nostri passi per depistarci. È anche possibile che sia stata usata nello stesso modo contro il signor Renauld, per impedirgli di orientare i suoi sospetti in zone molto più vicine. Hastings, è certo che il pericolo che lo minacciava non era a Santiago ma molto più a portata di mano. Era qui, in Francia.

Parlava così serio e così convinto che non potei fare a meno di credergli. Ma sollevai un'ultima obiezione. — E il fiammifero e il mozzicone di sigaretta trovati accanto al corpo? Che ne dite?

Un lampo di malizia illuminò il viso di Poirot.

— Un tranello. Sono stati messi lì apposta perché Giraud e altri della sua specie li trovassero! Ah, è furbo Giraud, anche lui sa fare i suoi trucchetti. È un cane da caccia ben addestrato. E poi è così compiaciuto di sé. Ha camminato carponi per ore. "Vedete cosa ho trovato?" dice. E poi rivolto a me: "Cosa vedete qui?". E io rispondo dicendo la verità nuda e cruda: "Nulla!". E Giraud, il grande Giraud, ride e pensa "Quel vecchio imbecille..." Ma la vedremo!

Tornai all'argomento che mi stava a cuore.

— Dunque tutta questa storia degli uomini mascherati...

— È falsa!

— E cosa è accaduto, invece?

Poirot si strinse nelle spalle.

— Una sola persona potrebbe dircelo: *madame* Renauld. Ma non parlerà. Non parlerà né con le minacce né con le suppliche. Una donna notevole quella, Hastings. Appena l'ho vista, ho capito che avrei avuto a che fare con una forte personalità. In un primo momento, come vi ho detto, ero propenso a sospettarla di essere coinvolta nel crimine. Poi ho cambiato opinione.

— E che cosa ve l'ha fatta cambiare?

— Il suo spontaneo e genuino dolore alla vista del corpo del marito. Sono disposto a giurare che quel suo grido di angoscia era sincero.

— Infatti, non ci si può sbagliare su certe cose.

— Attento, amico... ci si può sempre sbagliare. Pensate a una grande attrice. Non riesce forse a recitare il dolore in maniera così sincera e genuina da commuovere la platea? No, per quanto forte sia la mia impressione di sincerità, ho bisogno di altre prove prima di dichiararmi completamente soddisfatto. Il grande criminale può essere un grande attore. In questo caso io baso la mia certezza non sulle mie impressioni, ma sull'innegabile fatto che la signora Renauld è realmente svenuta. Le ho sollevato le palpebre, le ho sentito il polso. Non c'era simulazione, lo svenimento era reale. Di conseguenza, ho pensato che anche il suo dolore fosse genuino. Inoltre, altro piccolo particolare non privo di interesse, non era necessario che la signora Renauld facesse un'altra scena di dolore. L'aveva già fatta prima, quando aveva appreso la morte del marito e quindi perché mai simularne un'altra alla vista del cadavere? No, la signora Renauld non ha ucciso il marito. Ma perché ha mentito? Ha mentito sull'orologio da polso, ha mentito sugli uomini mascherati e ha mentito su una terza cosa... Ditemi, Hastings, voi come spiegate la porta aperta?

— Be'... — feci piuttosto imbarazzato — forse è stata una dimenticanza, una distrazione...

Poirot scosse il capo e sospirò.

— Questa è la spiegazione di Giraud. Ma non mi soddisfa. C'è un significato dietro quella porta aperta che per ora non riesco ancora a scandagliare.

— Ho un'idea — esclamai all'improvviso.

— *A la bonne heure!* Sentiamola.

— Siamo d'accordo sul fatto che la storia della signora Renauld è pura invenzione. Non è quindi possibile che il signor Renauld sia uscito per recarsi a un appuntamento, forse con l'assassino stesso, e abbia di proposito lasciato il portone di casa aperto pensando di tornare quasi subito? Ma invece non è tornato e il mattino successivo è stato trovato con un pugnale nella schiena.

— Teoria interessante, Hastings, ma come al solito vi siete dimenticato di due particolari importanti. Chi ha legato e imbavagliato la signora Renauld? E per quale dannato motivo gli assassini sarebbero tornati in casa per farlo? E poi nessuno uscirebbe di casa per recarsi a un appuntamento con indosso soltanto la biancheria e il soprabito.

— È vero — ammisi avvilito.

— Dobbiamo cercare altrove per trovare la soluzione del mistero della porta aperta. Di una cosa sono certo... non sono usciti dalla porta, ma dalla finestra.

— Cosa?

— Esattamente quello che ho detto.

— Ma non ci sono impronte sull'aiuola di sotto.

— Infatti, però *avrebbero dovuto esserci*. State a sentire, Hastings. Il giardiniere, Auguste, ha detto, e lo avete sentito anche voi, di aver piantato quelle pianticelle in entrambe le aiuole il pomeriggio precedente. In una delle due aiuole ci sono, visibilissime, le impronte dei suoi stivali chiodati, nell'altra *nessuna*. Ma non capite? Qualcuno è passato da quella aiuola, qualcuno che per cancellare le proprie impronte, ha livellato la superficie con un rastrello.

— E dove avrebbe preso il rastrello?

— Nello stesso posto dove sono stati presi la vanga e i guanti da giardiniere — rispose Poirot spazientito.

— Ma cosa vi fa pensare che siano usciti dalla finestra? È molto più probabile che siano entrati dalla finestra e usciti dalla porta.

— Anche questo è possibile, certo. Eppure io sono convinto che siano usciti dalla finestra.

— Penso che vi sbagliate.

— Può darsi, *mon ami*.

Riesaminai mentalmente questo nuovo campo di ipotesi che le deduzioni di Poirot mi avevano aperto. Ricordai allora la mia meraviglia quando il mio amico aveva fatto sibilline allusioni alle aiuole e all'orologio da polso. In quel momento le sue osservazioni mi erano parse del tutto prive di significato ma ora, per la prima volta, mi rendevo conto di quanto, alla luce di piccoli fatti, era riuscito a svelare del mistero che circondava il caso. Sentii crescere dentro di me l'ammirazione per lui e lui, come al solito, riuscì a leggermi nel pensiero.

— Metodo, capite? Metodo. Ordinare i fatti. Ordinare le idee. E se qualche piccolo fatto non quadra, non bisogna scartarlo, anzi, bisogna considerarlo con maggiore attenzione. Anche se il significato sfugge, siate certo che un significato ce l'ha.

— Comunque — dissi — anche se sappiamo molte più cose non siamo certo più vicini a risolvere il mistero di chi ha ucciso il signor Renauld.

— No — ammise Poirot allegro. — In effetti, siamo ancora molto lontani. — E lo disse come se la cosa gli desse una particolare soddisfazione. Lo guardai meravigliato. Incontrò il mio sguardo e sorrise.

— Ma certo, meglio così. Prima c'era una teoria chiara su come e da chi Renauld era stato assassinato. Ora siamo nel buio completo. Centinaia di punti contraddittori ci confondono e ci turbano. Questo è meglio. Dalla confusione scaturisce l'ordine. Ma se voi trovate l'ordine fin dall'inizio, se un crimine sembra chiaro e semplice, *eh bien, méfiez vous*. Diffidate sempre perché è... come dite voi?... prefabbricato. Il grande criminale è semplice, ma sono pochi i grandi criminali. Chi cerca di coprire le proprie tracce, invariabilmente si tradisce. Ah, *mon ami*, come vorrei un giorno imbattermi in un vero grande criminale, uno che commette il suo crimine e poi non fa nulla! Non fa più nulla! Persino io, Hercule Poirot, potrei non riuscire a smascherarlo.

Ma non l'ascoltavo più perché mi era venuta un'altra idea.

— Poirot! La signora Renauld! Adesso capisco. Deve proteggere qualcuno.

Dalla tranquillità con cui accolse le mie parole capii che aveva già valutato questa ipotesi.

— Sì — disse pensieroso. — Copre o protegge qualcuno. Una delle due.

Non riuscii a cogliere la differenza, ma continuai a svolgere il mio tema portando altre argomentazioni. Poirot mantenne un atteggiamento neutrale e alla fine ripeté: — Sì, potrebbe essere. Ma ancora non lo so. C'è, in tutta questa storia, qualcosa di molto sotterraneo. Vedremo. Molto sotterraneo...

Eravamo arrivati in albergo. Entrammo e Poirot mi fece un gesto per raccomandarmi il silenzio.

XIII
La ragazza dagli occhi inquieti

Pranzammo con eccellente appetito. Avevo capito che Poirot non voleva discutere il caso in un luogo dove chiunque avrebbe potuto sentirci. Ma essendo la mente di entrambi presa da questo mistero, non trovammo altri argomenti di conversazione. Per un po' mangiammo in silenzio. Poi Poirot mi guardò con aria maliziosa. — *Eh bien!* — disse. — E la vostra avventura? Non mi raccontate niente?

Arrossii violentemente.

— Ah, vi riferite a stamattina — risposi, cercando di assumere un'aria disinvolta.

Ma con Poirot non c'era nulla da fare. In pochi minuti riuscì a farmi sputare tutti i particolari.

— *Tiens!* — esclamò alla fine del mio racconto. — Una storia molto romantica. Come si chiama questa giovane affascinante donna?

Dovetti confessare che non lo sapevo.

— Maggiormente romantico! Il primo incontro in treno, il secondo qui. Tutti i viaggi finiscono in incontri d'amore, non si dice così?

— Non siate sciocco, Poirot!

— Ieri era *mademoiselle* Daubreuil, oggi è *mademoiselle*... Cenerentola! Decisamente siete peggio di un turco, Hastings, dovreste farvi un harem.

— Continuate pure a prendermi in giro. Comunque, *mademoiselle* Daubreuil è una bella ragazza e io l'ammiro immensamente, non mi vergogno ad ammetterlo. L'altra non è nulla... credo che non la vedrò mai più. È stato divertente fare due chiacchiere con lei durante il viaggio, ma non è certo il tipo di ragazza per la quale potrei perdere la testa.

— Come mai?

— Be'... sembra un po' strana... comunque non ha classe non è una signora, ecco.

Poirot annuì comprensivo. — Allora voi credete nel valore della famiglia in cui si nasce, nel valore dell'educazione? — mi domandò finalmente serio.

— Forse sono di vecchio stampo, ma certo non credo che si possa sposare qualcuno che non appartiene alla tua classe sociale. Non funziona mai.

— Sono d'accordo con voi, *mon ami*. Novantanove volte su cento è così. Ma c'è sempre la centesima volta. Eppure questo ancora non mi spiega come mai avete deciso di non vedere più quella ragazza.

Le sue ultime parole erano una chiara domanda e non mi sfuggì lo sguardo penetrante con cui mi stava fissando. Davanti ai miei occhi vidi scritte con lettere di fuoco le parole "Hotel du Phare" e sentii la voce di Cenerentola che mi diceva "Venite a trovarmi" e poi la mia stessa voce che rispondeva "Verrò".

Be', e allora? In quel momento volevo andare. Poi riflettendoci avevo capito che quella ragazza non mi piaceva. Anzi, mi era diventata molto antipatica. Avevo commesso una scorrettezza grave per assecondare la sua folle e morbosa curiosità e ora non avevo nessuna voglia di rivederla.

— Mi ha chiesto di andarla a trovare, ma naturalmente non lo farò — risposi a Poirot.

— Perché "naturalmente"?

— Be', non ne ho voglia.

— Capisco. — Mi studiò attentamente per alcuni secondi. — Sì, capisco molto bene. E siate saggio; tenete fede a ciò che avete detto.

— Il solito consiglio? — rimarcai un po' seccato.

— Amico mio, abbiate fiducia in papà Poirot. Un giorno o l'altro, se permettete, vi combinerò un matrimonio perfetto.

Scoppiai a ridere. — Grazie! Ma questa prospettiva mi lascia completamente indifferente.

Poirot sospirò e scosse il capo.

— *Les Anglais!* — borbottò. — Nessun metodo, assolutamente nessun metodo. Lasciano tutto al caso! — Aggrottò la fronte e cambiò la posizione della saliera. — Mi avete detto che *mademoiselle* Cenerentola sta all'Hotel d'Angleterre, vero?

— No, Hotel du Phare.

— Ah, è vero, sì, mi ero confuso.

Un sospetto mi attraversò la mente. Non avevo mai menzionato a Poirot nessun hotel. Lo guardai e mi tranquillizzai. Stava tagliando il pane in tanti piccoli quadratini perfetti, completamente assorto in questa operazione. Forse si era solo immaginato che io gli avessi detto dove alloggiava la ragazza.

Prendemmo il caffè fuori, sulla terrazza che dava sul mare. Poirot fumò una delle sue minuscole sigarette e poi sfilò l'orologio dal taschino.

— Il treno per Parigi parte alle quattordici e venticinque — disse. — Bisogna che vada.

— Parigi? — esclamai.

— È ciò che ho detto, *mon ami*.

— Andate a Parigi? A far cosa?

— A cercare l'assassino del signor Renauld — rispose serio.

— Credete che si trovi a Parigi?

— Sono certo di no, tuttavia è là che devo cercarlo. Voi non capite, ma vi spiegherò a tempo debito. Credetemi, questo viaggio a Parigi è necessario. Non starò via molto. Con tutta probabilità sarò di ritorno domani. Non vi propongo di accompagnarmi perché preferisco che rimaniate qui a tenere d'occhio Giraud. Inoltre vi consiglio di approfondire la conoscenza di Renauld figlio. E terzo, se lo desiderate, tentate di rubargli *mademoiselle* Marthe. Anche se temo sia un'impresa impossibile per voi.

Apprezzai poco il commento finale.

— A proposito — domandai — volevo chiedervi come avete fatto a capire quello che c'era tra quei due.

— *Mon ami*... conosco la natura umana. Mettete insieme un ragazzo come il giovane Renauld e una bella ragazza come Marthe. Il risultato è inevitabile. E poi, la lite! Il motivo della lite tra padre e figlio poteva essere solo o denaro o una donna. Poi ricordando la descrizione che Léonie aveva fatto della rabbia feroce del ragazzo, ho deciso per la seconda ipotesi. Quindi ho tirato le mie conclusioni e, guarda caso, erano esatte.

— Per questo mi avevate consigliato di non pensare troppo a quella ragazza? Voi già sospettavate che era innamorata del giovane Renauld?

Poirot sorrise.

— Ho visto che aveva due occhi inquieti. Ecco, io penso sempre a *mademoiselle* Daubreuil come alla ragazza dagli occhi inquieti. — Il suo tono era così grave che mi turbò.

— Che cosa intendete dire esattamente, Poirot?

— Credo che lo sapremo molto presto. Ma adesso devo andare.

— Ma c'è ancora un sacco di tempo.

— Forse... forse. Ma voglio andarmene con calma alla stazione. Non mi piace correre, affrettarmi, agitarmi.

— Ad ogni modo — dissi alzandomi — verrò ad accompagnarvi.

— Voi non farete niente del genere. Ve lo proibisco. — Il suo tono era stato così perentorio che lo guardai sbalordito. Lui annuì.

— È così, *mon ami*! Arrivederci. Permettete che vi abbracci? Ah, no, gli inglesi non usano queste cose. Una stretta di mano, allora!

Mi sentii disorientato dopo che Poirot mi ebbe lasciato solo. Mi avviai pigramente verso la spiaggia e osservai i bagnanti senza nessuna voglia di unirmi a loro. Immaginai che anche Cenerentola stesse divertendosi con indosso qualche meraviglioso costume da bagno, però non la vidi. Mi avviai lungo la spiaggia verso il punto più lontano della città. Mi venne in mente che, dopo tutto, sarebbe stato corretto da parte mia cercare di sapere qualcosa di più della ragazza. Questo mi avrebbe evitato eventuali seccature in seguito e avrebbe posto fine alla faccenda. Non avrei più dovuto preoccuparmi per lei. Ma se invece non fossi andato, lei sarebbe stata capace di venirmi a cercare alla villa: cosa alquanto seccante sotto ogni punto di vista. Sì, era molto meglio fare una visitina, nel corso della quale le avrei chiarito che non avrei mai fatto più nulla per lei al solo scopo di divertirla.

Lasciai la spiaggia e mi diressi verso l'entroterra. Trovai senza difficoltà l'Hotel du Phare, un albergo senza nessuna pretesa. Mi seccava non sapere il nome della ragazza e per salvare la dignità, decisi di entrare e di guardarmi attorno. Forse l'avrei trovata nell'atrio. Merlinville era una località molto piccola: lasci l'albergo e vai alla spiaggia, lasci la spiaggia e torni in albergo. Non c'erano altre possibilità, né attrazioni di sorta. Stavano costruendo un Casinò, ma non era ancora finito.

Avevo percorso tutta la spiaggia senza vederla, quindi non poteva che essere in albergo. Entrai. Diverse persone erano sedute nella hall, ma la mia piccola preda non c'era. Guardai in alcuni salottini senza nessun risultato. Decisi di aspettare poi l'impazienza ebbe il sopravvento. Chiamai in disparte il *concièrge* e gli feci scivolare cinque franchi in tasca.

— Vorrei vedere una signorina che sta qui, una ragazza inglese, piccola e bruna. Non ricordo bene il suo nome.

L'uomo scosse il capo e mi parve che facesse uno sforzo per non ridere.

— Non c'è nessuno in albergo che risponda a questa descrizione, signore.

— Forse è americana — azzardai.

Ma l'uomo continuò a scuotere il capo.

— No, signore. Ci sono soltanto sei o sette signore americane o inglesi ma sono molto più anziane di quella che state cercando. Non è qui che la troverete, *monsieur*.

— Ma la signorina mi ha detto che alloggiava qui!

— Forse *monsieur* si sbaglia... o è più probabile che si sia sbagliata la signorina dal momento che un altro signore è venuto qui a cercarla.

— Cosa avete detto? — esclamai sorpreso.

— Sì, *monsieur*. È venuto un signore e me l'ha descritta proprio come voi.

— E com'era questo signore?

— Piccolo, ben vestito, raffinato, impeccabile, baffoni rigidi, la testa di una forma un po' strana e gli occhi verdi.

Poirot! Ecco perché mi aveva proibito di accompagnarlo alla stazione. Che impertinenza! Avrei dovuto pregarlo di non immischiarsi nelle mie faccende. O forse pensava che avessi bisogno di una balia?

Ringraziai il portiere e me ne andai un po' perplesso e molto adirato col mio amico impiccione. Peccato che fosse lontano, altrimenti mi sarei tolto il gusto di dirgli ciò che pensavo delle sue interferenze! Non gli avevo forse detto chiaro e tondo che non intendevo rivedere la ragazza? Sì, decisamente certi amici sono troppo zelanti.

Ma la ragazza, dov'era? Questo era in fondo il vero problema. Forse distrattamente aveva sbagliato a darmi il nome dell'albergo. Poi mi venne un sospetto. L'aveva fatto per distrazione o invece di proposito? Più ci pensavo più mi convincevo che era così. Per qualche ragione non voleva che diventassimo amici, che approfondissimo la nostra conoscenza. E anche se solo mezz'ora prima questo era esattamente il mio punto di vista, adesso mi seccava. Tutta la storia era un po' strana e me ne tornai a Villa Geneviève di pessimo umore. Non entrai in casa, ma mi incamminai lungo il sentiero che portava alla panchina vicino alla rimessa e mi sedetti a farmi sbollire la rabbia.

A un certo punto udii delle voci abbastanza vicine e mi

resi conto che provenivano non dal giardino della villa ma dal giardino adiacente, quello cioè di Villa Marguerite e che si stavano avvicinando. Sentii la voce di una donna che riconobbi subito come la voce della bella Marthe Daubreuil.

— *Chéri* — stava dicendo. — È proprio vero? Tutti i guai sono finiti?

— Lo sai, Marthe — rispose la voce di Jack Renauld. — Ora, tesoro, nulla potrà dividerci. È caduto l'ultimo ostacolo alla nostra unione. Niente potrà più allontanarmi da te...

— Niente? — ripeté la ragazza. — Oh, Jack, Jack... ho paura.

Mi ero alzato con l'intenzione di andarmene perché non volevo essere indiscreto, e alzandomi vidi i due ragazzi attraverso un varco nella siepe. Erano vicini, Jack teneva la ragazza per la vita e la guardava negli occhi. Erano una splendida coppia, il bruno atletico ragazzo e la giovane dea bionda. Sembravano proprio fatti l'uno per l'altra e sembravano anche felici nonostante la terribile tragedia che incombeva su di loro.

Ma la ragazza aveva un'espressione turbata e Jack Renauld l'attirò a sé e disse: — Ma di cosa hai paura, tesoro? Perché hai ancora paura?

Io allora vidi quello sguardo negli occhi della ragazza, quello sguardo che aveva tanto colpito Poirot. "La ragazza dagli occhi inquieti."

— Ho paura — rispose Marthe — per te.

Non sentii la risposta del giovane Renauld perché la mia attenzione fu attratta da una insolita visione, un po' più lontano, lungo la siepe. C'era un cespuglio secco laggiù, cosa piuttosto strana agli inizi dell'estate. Mi avvicinai per capire ma, mentre avanzavo, lo strano cespuglio si ritraeva e poi dai suoi rami spuntò il viso di Giraud che con un dito sulle labbra mi intimò di tacere. Poi mi fece cenno di seguirlo. Girammo attorno alla rimessa e lui si fermò.

— Che cosa state facendo qui? — domandai.

— Esattamente quello che stavate facendo voi... stavo ascoltando.

— Ma io mi trovavo lì per caso...

— Io invece no!

Come sempre ammirai quell'individuo pur non provando nessuna simpatia per lui. Mi squadrò dalla testa ai piedi con sommo disprezzo.

— Certo non avete migliorato le cose capitando lì. Avrei potuto sentire qualcosa di utile. Che ne avete fatto del vostro fossile?

— Il signor Poirot è andato a Parigi — risposi freddamente. — E posso aggiungere, signor Giraud, che è tutto fuorché un fossile. Ha risolto casi che avevano completamente messo fuori strada la polizia inglese.

— Bah... la polizia inglese. Dev'essere dello stesso livello dei nostri giudici istruttori. Dunque è andato a Parigi? Bene. Più lontano sta, meglio è. Ma cosa spera di trovare a Parigi?

Mi parve che ci fosse una punta di inquietudine in questa domanda.

— Non sono autorizzato a dirlo — risposi rigido.

Giraud mi lanciò un'occhiata fulminante.

— Probabilmente lui è stato tanto saggio da non dirvelo — ritorse sgarbato. — Arrivederci. Ho da fare.

Girò sui tacchi e se ne andò. Tornai a Villa Geneviève dove tutto era rimasto come prima. Giraud mi aveva chiaramente fatto capire di non desiderare la mia compagnia ed ero quasi certo che Jack Renauld fosse dello stesso parere. Per cui pensai fosse meglio andarmene. Tornai in città, feci un magnifico bagno di mare e rientrai in albergo. Mi coricai presto, chiedendomi se l'indomani ci avrebbe portato qualche novità.

Ero del tutto impreparato a ciò che successe. Stavo facendo la prima colazione in sala da pranzo quando il cameriere, che aveva appena finito di parlare con qualcuno fuori dalla porta, mi si avvicinò tutto agitato. Esitò un attimo, tormentando il tovagliolo e poi mi disse: — Scusate, *monsieur*, ma voi vi occupate dell'affare di Villa Geneviève, vero?

— Sì, perché?

— Non avete sentito la notizia?

— Quale notizia?

— C'è stato un altro delitto, ieri sera.

— *Cosa?!*

Afferrai il cappello e mi precipitai fuori. Un altro delitto... e Poirot era lontano. Che fatalità! Ma chi era stato ucciso?

Entrai di corsa nel vialetto della villa. C'era un gruppo di domestici che parlavano e gesticolavano. Presi in disparte Françoise.

— Che cosa è successo? — domandai.

— Oh, *monsieur, monsieur*! Un altro morto! È terribile. C'è una maledizione su questa casa. Sì, l'ho sempre detto io, una maledizione. Dovrebbero mandare a chiamare il signor curato per farla benedire. Io non dormirò un'altra notte sotto quel tetto. Potrebbe essere il mio turno, chi lo sa?

Si fece il segno della croce.

— Ma chi è stato ucciso? — gridai.

— Non lo so, io. Un uomo, uno straniero. Lo hanno trovato laggiù, nella rimessa, a cento metri da dove hanno trovato il povero *monsieur*. E non è tutto... È stato pugnalato... pugnalato al cuore col medesimo pugnale!

XIV

Il secondo cadavere

Mi voltai e di corsa risalii il sentiero verso la rimessa. I due poliziotti che montavano di guardia mi lasciarono entrare.

La luce era fioca. Si trattava soltanto di un vecchio capanno per gli attrezzi. Ero entrato d'impeto ma mi congelai sulla soglia, affascinato dallo spettacolo che mi si parava davanti agli occhi.

Giraud, carponi, teneva in mano una torcia elettrica con la quale stava esaminando ogni centimetro del pavimento. Sollevò lo sguardo e, vedendomi, aggrottò la fronte, poi assunse un'espressione di divertito disprezzo.

— Ah, *c'est l'Anglais*! Entrate. Vediamo cosa siete capace di dedurre da questo.

Avanzai mentre lui puntava il fascio di luce verso l'angolo estremo.

— Eccolo — disse.

Mi avvicinai. L'uomo giaceva sulla schiena. Era di statura media, di carnagione olivastra e sui cinquant'anni. Indossava un abito blu di ottimo taglio e probabilmente confezionato da un ottimo sarto, ma non certo nuovo. I lineamenti erano sconvolti e sul torace, a sinistra, un po' sopra il cuore, sporgeva l'impugnatura scura e lucente che riconobbi subito. Era il medesimo pugnale che avevo visto nel barattolo di vetro la mattina precedente.

— Sto aspettando il medico — spiegò Giraud. — Anche se non ce n'è bisogno. Non ci sono dubbi sulle cause della morte. È stato pugnalato al cuore e la morte dev'essere stata istantanea.

— Quando è successo? Ieri sera?

Giraud scosse il capo.

— Non credo. Non voglio prevenire il responso dei medici, ma, secondo me, quest'uomo è morto da almeno dodici ore. Quando avete detto di aver visto l'ultima volta il pugnale?

— Ieri mattina, verso le dieci.

— Be' allora sono propenso a credere che il delitto sia stato commesso poco dopo.

— Ma la gente ha continuato ad andare e venire da questo posto...

Giraud scoppiò a ridere.

— Fate progressi straordinari! E chi ha detto che è stato ucciso qua dentro?

— Be'... — mi sentivo umiliato. — Io... credevo che...

— Che meraviglioso detective! Guardate il cadavere, *mon petit*... secondo voi, un uomo colpito al cuore con un pugnale cade in quel modo? Coi piedi uniti, le braccia lungo i fianchi? No... E allora forse si è sdraiato sulla schiena e si è fatto pugnalare senza sollevare una mano per difendersi? Assurdo! Guardate qui... e qui... — Fece scorrere il fascio di luce. Vidi delle impronte irregolari. — È stato trascinato qui quando era già morto. Un po' trascinato e un po' portato da due persone. Le loro impronte fuori, sul terreno duro, non sono visibili e qui hanno avuto cura di cancellarle... ma mio giovane amico sappiate che una delle due persone era una donna.

— Una donna?

— Sì.

— Ma se le impronte sono state cancellate, come fate a saperlo?

— Perché, per quanto confuse, le impronte di una scarpa da donna sono inconfondibili... E poi per quest'altro motivo... — Si chinò, tolse qualcosa dall'impugnatura del pugnale e lo sollevò davanti ai miei occhi. Era un lungo capello nero di donna, simile a quello che Poirot aveva trovato sullo schienale della poltrona nella biblioteca.

Poi, con un sorriso ironico, Giraud riavvolse il capello sul pugnale.

— Dobbiamo lasciare le cose come le abbiamo trovate — spiegò — per far piacere al giudice. *Eh bien*, avete notato qualcos'altro?

A malincuore dovetti scuotere il capo.

— Osservate le mani.

Lo feci. Le unghie erano spezzate e sporche, la pelle ruvida. Il che non mi disse assolutamente nulla. Guardai Giraud con lo sguardo vuoto.

— Non sono le mani di un signore — mi spiegò. — Però gli abiti sono quelli di un uomo ricco. Curioso, no?

— Molto curioso — ammisi.

— D'altro canto i suoi indumenti non portano cifre né etichette. Che ci insegna questo? Quest'uomo tentava di passare per quello che non era. Ma perché? Temeva qualcosa? Stava tentando di scappare? Non lo sappiamo ancora. Per ora sappiamo solo una cosa: voleva nascondere la propria identità tanto quanto noi siamo ansiosi di conoscerla.

Guardò ancora il corpo.

— Come nel primo delitto, non ci sono impronte digitali sul pugnale. Ancora una volta l'assassino ha portato i guanti.

— Voi credete che l'assassino sia lo stesso?

Giraud assunse un'espressione impenetrabile.

— Non ha importanza ciò che io credo. Vedremo. Marchaud!

Il *sergent de ville* apparve sulla soglia.

— *Monsieur?*

— Come mai la signora Renauld non è qui? L'ho mandata a chiamare un quarto d'ora fa.

— Sta arrivando, signore, assieme al figlio.

— Bene, voglio vederli uno alla volta, però.

Marchaud salutò e si eclissò. Poco dopo ricomparve con la signora Renauld.

— Ecco *madame*.

Giraud fece un breve inchino.

— Da questa parte, signora. Questo è l'uomo. Lo conoscete?

Mentre parlava, i suoi occhi trapanavano il viso della donna. Ma la signora Renauld rimase perfettamente calma... troppo calma, secondo me. Guardò il cadavere senza nessun interesse e senza nessuna emozione.

— No — rispose. — Non l'ho mai visto in vita mia. Mi è completamente sconosciuto.

— Ne siete sicura?

— Sicurissima.

— Non lo riconoscete, per caso, come uno dei vostri aggressori?

— No... — sembrò esitare — no, non credo. Certo avevano la barba... finta, a quanto sostiene il magistrato, ma comunque no. Sono certa che nessuno dei due era quest'uomo.

— Molto bene, *madame*, è tutto per ora.

La signora uscì con la testa alta e il sole illuminò l'argento dei suoi capelli. Entrò Jack Renauld. Anche lui non fu in grado di identificare l'uomo e rispose in maniera del tutto naturale.

Non riuscii a capire se Giraud fosse soddisfatto o deluso. Chiamò di nuovo Marchaud.

— Avete portato l'altra persona? — domandò l'ispettore.

— Sì, signore.
— Fatela entrare.

L'altra persona era *madame* Daubreuil. Entrò indignata e protestò in maniera violenta.

— Mi oppongo, signore. È un insulto. Cosa c'entro io in tutta questa faccenda?

— *Madame* — rispose Giraud senza nessuna cortesia — io sto investigando non su un delitto, ma su due. Per quanto ne so, potreste essere stata voi a commetterli entrambi.

— Come osate? — urlò la donna. — Come osate insultarmi con una simile accusa? È un'infamia!

— Infamia? E che mi dite di questo? — Si chinò, prese di nuovo il capello e lo mostrò alla donna. — Vedete questo capello, *madame*? Permettete che faccia un confronto con i vostri?

La donna lanciò un grido e indietreggiò, le labbra livide.

— È falso, lo giuro. Non so nulla del delitto... dei delitti. Chiunque affermi il contrario, mente.

— Calmatevi, *madame* — disse Giraud sempre in tono freddo. — Nessuno vi ha ancora accusato. Ma farete bene a rispondere alle mie domande.

— Quello che volete, *monsieur*.

— Guardate il cadavere. Avete mai visto prima quest'uomo?

La donna si avvicinò mentre il suo viso riprendeva un po' di colore. Guardò la vittima con curiosità e interesse. Poi scosse il capo. — Non lo conosco — disse e sembrava impossibile dubitare delle sue parole tanta era la naturalezza con cui le aveva pronunciate. Giraud la congedò.

— La lasciate andare? — domandai. — Non è imprudente? Certo quel capello è suo!

— Non ho bisogno che mi si insegni il mestiere — rispose secco Giraud. — La donna è sotto stretta sorveglianza. Per ora non voglio arrestarla. — Poi guardò ancora il cadavere. — Lo direste di razza spagnola? — mi domandò.

— No — risposi. — A me parrebbe un francese.

Giraud grugnì soddisfatto. — Anche a me — convenne.

Rimase fermo per un attimo, poi si mise di nuovo in ginocchio e ricominciò a esaminare il pavimento. Era meraviglioso. Non gli sfuggiva nulla. Studiò il terreno centimetro per centimetro, spostando i vasi da fiori, esaminando vecchi sacchi. Balzò su un pacco che si trovava accanto alla porta, ma conteneva soltanto una giacca e un paio di pantaloni a brandelli e li ributtò a terra con aria indispettita. Si interessò a due paia di vecchi guanti, ma poi scosse il capo e mise da parte anche questi. Tornò ai vasi da fiori e li rovesciò, uno per uno, e infine si rialzò. Aveva un'aria pensierosa e perplessa. Sembrava che si fosse dimenticato della mia presenza.

In quel momento da fuori arrivò un rumore di passi e poco dopo fecero il loro ingresso il nostro vecchio amico, il giudice, accompagnato dal cancelliere, il signor Bex e il dottore.

— Che cosa pazzesca, signor Giraud — esclamò Hautet. — Un altro crimine. E ancora non sappiamo nulla del primo... Qui c'è sotto qualche grosso mistero. Ma chi è la vittima, questa volta?

— Nessuno è stato in grado di dircelo, signor giudice. Non è ancora stata identificata.

— Dov'è il corpo? — domandò il medico.

— Là, nell'angolo — rispose Giraud. — È stato pugnalato al cuore con il pugnale rubato ieri mattina. Io credo che il delitto sia avvenuto poco dopo il furto, ma questo spetta a voi a dirlo. Potete anche toccare l'impugnatura dell'arma... non ci sono impronte.

Il dottore si chinò sul cadavere e Giraud si rivolse al giudice.

— Un bel problema, vero? Ma lo risolverò.

— E quindi nessuno ha identificato il corpo — rimuginò Hautet. — Forse è uno dei due assassini. Può darsi che abbiano litigato fra loro.

Giraud scosse il capo.

— Quest'uomo è francese — disse. — Sarei pronto a giurarlo...

Fummo interrotti dal dottore che stava seduto sui talloni con un'aria un po' sconcertata.

— Voi dite che è stato ucciso ieri mattina? — domandò a Giraud.

— Mi baso sul furto del pugnale — spiegò l'ispettore francese. — Certo, può anche essere stato ucciso più tardi.

— Più tardi? Assurdo. Quest'uomo è morto da almeno quarantotto ore e forse anche di più.

Tutti lo guardammo allibiti.

VX
Una fotografia

La dichiarazione del medico ci lasciò senza parole. Per terra, davanti a noi, c'era un uomo pugnalato con un'arma che era stata rubata soltanto ventiquattrore prima eppure il dottor Durand asseriva che la morte doveva risalire per lo meno a quarantotto ore. Era pazzesco.

Ci eravamo appena rimessi dalla sorpresa quando mi portarono un telegramma. Lo aprii. Era di Poirot che mi annunciava il suo ritorno col treno che arrivava a Merlinville alle dodici e ventotto.

Guardai l'ora. Avevo tutto il tempo per andare a prenderlo alla stazione. Era indispensabile metterlo subito al corrente degli ultimi e sbalorditivi sviluppi. Evidentemente Poirot a Parigi non aveva avuto nessuna difficoltà a trovare quello che cercava. Lo dimostrava la rapidità con cui stava tornando. Gli erano bastate poche ore. Chissà come avrebbe preso le ultime notizie?

Il treno viaggiava con qualche minuto di ritardo e io nell'attesa mi misi a passeggiare lungo il marciapiede. Poi pensai che avrei potuto utilizzare meglio il tempo chiedendo qualche informazione su chi era partito da Merlinville con l'ultimo treno la sera del delitto. Mi avvicinai a un facchino, un uomo dall'aria molto sveglia, e non ebbi difficoltà a entrare subito in argomento. Era una vera vergogna, mi disse, che delinquenti di quel genere potessero andarsene in giro impuniti. Accennai alla possibilità che fossero partiti col treno di mezzanotte, ma lui scartò con decisione questa ipotesi. Avrebbe notato due stranieri, mi spiegò. Con quel treno erano partite soltanto una ventina di persone e quindi non sarebbero passati inosservati.

Non so che cosa mi avesse ficcato in testa l'idea, forse l'ansia e la paura di Marthe Daubreuil, ma comunque decisi di andare a fondo. — Il giovane signor Renauld — domandai — non è partito per caso con quel treno?

— Oh, no, *monsieur*. Sarebbe piuttosto strano partire mezz'ora dopo essere arrivati!

Lo guardai sbalordito mentre il significato di quelle parole si faceva strada lentamente dentro di me... — Volete dire — esclamai col cuore in gola — che Jack Renauld è arrivato a Merlinville quella sera?

— Certo, signore. Con l'ultimo treno che arriva nell'altro senso alle undici e quaranta.

Avevo il cervello in fiamme. Ecco la ragione della paura di Marthe Daubreuil. Jack Renauld la sera del delitto era a Merlinville. Ma perché non l'aveva detto? Perché ci aveva fatto credere di essere rimasto a Cherbourg? Pensando a quella sua espressione da bravo ragazzo, mi era difficile credere che fosse coinvolto nel delitto. Eppure, come mai questo silenzio su un punto di vitale importanza? Una cosa era certa. Marthe lo aveva sempre saputo. E questo spiegava la sua inquietudine e le domande fatte a Poirot per sapere se si sospettava di qualcuno.

Le mie riflessioni furono interrotte dall'arrivo del treno. Poco dopo salutavo Poirot che aveva un'aria raggiante. Mi sorrise e, dimenticandosi la mia riluttanza inglese, mi abbracciò calorosamente.

— *Mon cher ami*... ci sono riuscito! E a meraviglia!

— Davvero? Mi fa molto piacere. Avete saputo le ultime notizie?

— E come avrei potuto? Ci sono novità, vero? Il grande Giraud ha arrestato qualcuno? O forse più di uno? Ah, gli farò fare una figuraccia. Ma dove mi state portando, amico? Non andiamo in albergo? Devo sistemarmi i baffi... si sono afflosciati col caldo del treno. Poi, senza dubbio c'è della polvere sulla mia giacca. E la cravatta è tutta sciupata...

Lo interruppi. — Mio caro Poirot... queste cose non sono importanti. Dobbiamo andare subito alla villa. C'è stato un altro delitto.

Mi è capitato spesso di rimanere deluso nell'annunciare al mio amico notizie che ritenevo importanti, perché o lui le conosceva già oppure le riteneva irrilevanti, e devo ammettere che in questo caso aveva sempre avuto ragione. Ma questa volta non potevo certo lamentarmi di non aver fatto centro. Mai in vita mio ho visto un uomo tanto frustrato. Rimase a bocca aperta e non riuscì ad articolare parola. Tutta la sua soddisfazione era svanita di colpo.

— Cosa avete detto? — domandò quasi senza fiato. — Un altro delitto? Dunque ho sbagliato tutto. Fallimento totale. Giraud avrà tutte le ragioni per prendermi in giro.

— Allora non ve l'aspettavate?

— Io? Assolutamente no. Questo demolisce la mia teoria... rovina tutto... ah... No! — Si fermò di colpo, battendosi un gran pugno sul petto. — È impossibile. Non posso sbagliarmi. I fatti, considerati con metodo e messi in ordine, non consentono che una spiegazione. Io devo aver ragione. Io ho ragione!

— Ma allora...

Mi interruppe.

— Un momento, amico mio. Devo aver ragione, di conseguenza questo nuovo delitto è impossibile a meno che... a meno che... vi prego non interrompetemi. Non ditemi una sola parola...

Rimase in silenzio per un paio di minuti, poi, ritrovando il suo solito modo di fare, riprese con voce calma e pacata: — La vittima è un uomo di mezza età. Il suo corpo è stato trovato nel capanno chiuso vicino alla scena del primo delitto e l'uomo era morto da almeno quarantott'ore. Ed è anche probabile che sia stato pugnalato come il signor Renauld anche se non necessariamente nella schiena.

Fu il mio turno di restare a bocca aperta. Da quando lo conoscevo, Poirot mai si era rivelato tanto sorprendente. E, inevitabilmente, un dubbio mi aggredì.

— Poirot! — esclamai. — Mi state prendendo in giro. Voi eravate già al corrente di tutto.

Mi guardò con aria di rimprovero.

— Ma come potrei fare una cosa del genere? Vi assicuro che non sapevo niente. Il mio sbalordimento quando mi avete dato la notizia non vi basta?

— Ma come diavolo fate a conoscere tutti quei particolari?

— Avevo ragione, allora? Lo sapevo. Le celluline grigie, amico mio, le celluline grigie! Loro me l'hanno detto. In questo modo, e in nessun altro, avebbe potuto verificarsi un secondo delitto. Ora raccontatemi tutto per bene. Se giriamo qui a sinistra, possiamo prendere una scorciatoia che attraversa il campo di golf e che ci porterà molto più rapidamente sul retro della villa.

Strada facendo gli raccontai tutto ciò che sapevo. Poirot ascoltò in silenzio.

— Avete detto che il pugnale era ancora nella ferita? — mi domandò alla fine. — Curioso. Siete sicuro che sia lo stesso?

— Sicurissimo. È proprio questo fatto che rende la cosa impossibile.

— Nulla è impossibile. Forse esistono due pugnali.

Lo guardai scettico. — È una probabilità remotissima — risposi. — Sarebbe una folle coincidenza.

— Voi, come al solito, parlate senza riflettere, Hastings. In alcuni casi due armi identiche potrebbero essere un fattore improbabile. Ma non in questo caso. Questa è un'arma particolare, un souvenir di guerra fatta costruire apposta da Jack Renauld. E se ci pensate è assurdo che se ne sia fatto fare un solo esemplare. Forse ne ha fatto fare un altro per sé.

— Ma nessuno ha mai avanzato una simile ipotesi — obiettai.

— Amico mio — cominciò Poirot col ben noto tono del

conferenziere — quando si lavora a un caso non bisogna tener conto soltanto di ciò che viene detto. Non c'è ragione di menzionare molte cose che invece potrebbero essere importanti. E allo stesso modo esistono a volte eccellenti ragioni per *non* menzionarle. Potete scegliere fra queste due ipotesi.

Rimasi zitto, impressionato mio malgrado. Poco dopo arrivammo alla famigerata rimessa. Trovammo tutti i nostri amici e dopo un breve scambio di cortesie e di saluti, Poirot si mise all'opera.

Avendo visto lavorare Giraud, la cosa mi interessava molto. Poirot gettò un rapido sguardo attorno. L'unica cosa che esaminò fu quel fagotto di stracci, quella giacca e quei pantaloni laceri che Giraud aveva lasciato accanto alla porta. L'ispettore della Sûreté lo osservava con un risolino ironico e, come se lo avesse notato, Poirot ributtò a terra l'involto.

— Vecchi indumenti del giardiniere? — domandò.

— Esatto — rispose Giraud.

Poirot si inginocchiò accanto al corpo. Le sue dita si mossero rapide, ma con metodo. Esaminò il tessuto degli abiti e si accorse che non portavano né cifre né etichette. Poi si dedicò agli stivali e infine alle unghie sporche e spezzate.

— Avete visto le unghie? — domandò a Giraud.

— Sì, le ho viste — rispose l'altro con espressione imperscrutabile.

A un tratto Poirot si irrigidì.

— Dottor Durand!

— Sì? — Il medico si fece avanti.

— C'è della schiuma sulle labbra. Non l'avete notata?

— No... confesso di no.

— Osservatela ora.

— Oh, certo.

— Voi invece l'avete senz'altro notata? — sparò Poirot a Giraud.

L'altro non rispose. Poirot proseguì. Il pugnale era stato tolto dalla ferita e si trovava in un barattolo di vetro, accanto al corpo.

Poirot lo esaminò e poi si concentrò sulla ferita. Quando si rialzò i suoi occhi mandavano strani lampi e avevano quella luce verde che conoscevo tanto bene.

— È una strana ferita! — disse. — Non c'è sangue attorno. Non c'è una sola macchia di sangue sul vestito. La lama del pugnale è appena colorata. Cosa ne pensate, dottore?

— Posso solo dire che è anormale.

— Non è anormale affatto. Anzi, è molto semplice. Quest'uomo è stato pugnalato quando era già morto. — Sollevò una mano per zittire i presenti. Poi si rivolse a Giraud. — Il signor Giraud è d'accordo con me, vero?

Qualunque fosse la sua opinione, Giraud accettò la situazione impassibile. Con calma e con un certo sdegno rispose: — Certo, sono d'accordo.

Un mormorio di sorpresa si levò tra i presenti.

— Ma che idea! — gridò Hautet. — Pugnalare un uomo già morto! Che barbari! Mai sentita una cosa del genere. Qui sotto c'è un odio selvaggio...

— No, signor giudice — disse Poirot. — Io penso invece che sia stato fatto a sangue freddo... per creare una certa impressione.

— Quale impressione?

— Quella che in effetti ha creato — sentenziò Poirot sibillino.

Il signor Bex stava pensando. — E allora — domandò — come è stato ucciso quest'uomo?

— Non è stato ucciso. È morto, se non mi inganno, di un attacco epilettico.

La dichiarazione di Poirot creò di nuovo una certa agitazione. Il dottor Durand si chinò sul corpo e lo riesaminò attentamente. Alla fine, si rialzò.

— Allora, dottore? — domandò Poirot.

— Signor Poirot, sono propenso a credere che abbiate ragione. Io sono stato subito portato fuori strada. Il pugnale conficcato nel cuore ha distolto la mia attenzione da altri particolari.

Poirot fu l'eroe del momento. Il giudice si profuse in complimenti. Poirot ringraziò cortese e poi si congedò col pretesto che né io né lui avevamo ancora fatto colazione e che lui doveva rimettersi dalle fatiche del viaggio. Mentre stavamo uscendo, Giraud si avvicinò.

— Ancora una cosa, signor Poirot — disse con quella sua voce soave e ironica. — Abbiamo trovato questo avvolto attorno all'impugnatura del pugnale. È un capello di donna.

— Ah — fece Poirot — un capello di donna! Ma quale donna, mi chiedo?

— Me lo chiedo anch'io. — Giraud con un secco inchino ci lasciò andare.

— È un cocciuto, il buon Giraud — disse Poirot mentre ci incamminavamo verso l'albergo. — Chissà in quale direzione spera di mandarmi. Un capello femminile... hmmm...

Mangiammo di buon appetito, ma Poirot mi parve un po'

distratto. Dopo pranzo salimmo nel nostro salotto e io pregai Poirot di raccontarmi qualcosa del suo misterioso viaggio a Parigi.

— Volentieri, *mon ami*. Sono andato a Parigi per trovare... *questo*.

Si tolse di tasca un ingiallito ritaglio di giornale. Era la riproduzione della fotografia di una donna. Me lo porse e non riuscii a trattenere un'esclamazione.

— La riconoscete, amico mio?

Annuii. Anche se la fotografia risaliva a molti anni addietro e la pettinatura era diversa, la somiglianza era inconfutabile.

— *Madame* Daubreuil! — esclamai.

Poirot scosse il capo sorridendo.

— Non è del tutto esatto, amico mio. Allora non si chiamava così. Questa è la fotografia della celebre *madame* Beroldy.

Madame Beroldy! In un lampo mi ricordai tutto: un processo per assassinio che aveva suscitato interesse in tutto il mondo!

Il caso Beroldy.

XVI
Il caso Beroldy

Circa vent'anni prima degli eventi attuali, *monsieur* Arnold Beroldy, originario di Lione, era arrivato a Parigi con la bella moglie e la bambina di pochi mesi. *Monsieur* Beroldy era il socio più giovane di una ditta che commerciava in vini. Era un uomo di mezza età, tozzo di corporatura, che amava le buone cose della vita, innamorato dell'affascinante moglie e, in sostanza, una persona del tutto comune. La ditta di cui *monsieur* Beroldy era socio era piccola e anche se il lavoro non mancava, non assicurava certo forti guadagni al più giovane dei soci. I Beroldy abitavano in un appartamentino e conducevano una vita modesta.

Ma se il signor Beroldy era un tipo comune, la moglie era stata favorita dalla natura. Giovane e bella e soprattutto dotata di un particolare fascino, *madame* Beroldy aveva creato una certa agitazione nel quartiere soprattutto quando era incominciata a circolare la voce che un mistero circondava la sua nascita. Si diceva che fosse figlia illegittima di un granduca russo. Altri asserivano invece che si trattava di un arciduca austriaco la cui unione con la madre di lei era stata legale, anche se morganatica. Ma tutte le storie, comunque, concordavano su un punto: Jeanne Beroldy era al centro di un interessante mistero. Interrogata dai curiosi, *madame* Beroldy non aveva mai smentito e d'altro canto aveva lasciato chiaramente capire che, anche se le sue "labbra" erano "sigillate", tutte quelle storie avevano un fondo di verità. Agli amici intimi aveva fatto maggiori confidenze, aveva parlato di intrighi politici, di "documenti", di oscuri pericoli che la minacciavano. Si faceva anche un gran parlare dei gioielli della Corona che erano stati venduti segretamente tramite la sua mediazione.

Tra gli amici e le conoscenze dei Beroldy c'era un giovane avvocato, Georges Conneau, e ben presto era diventato palese che l'affascinante Jeanne lo aveva completamente stregato. *Madame* Beroldy aveva incoraggiato il giovane con molta discrezione, standο però sempre ben attenta a dichiarare la propria devozione e fedeltà al marito. Tuttavia i maligni non avevano esitato a spargere la voce che il giovane Conneau era il suo amante... e non l'unico!

Circa tre mesi dopo l'arrivo a Parigi dei coniugi Beroldy, sulla scena era comparso un altro personaggio: il signor Hiram P. Trapp, un ricchissimo statunitense. Presentato alla misteriosa *madame* Beroldy, costui era quasi subito caduto nella trappola del suo fascino. La sua ammirazione era evidente anche se sempre piena di rispetto.

Proprio in quel periodo, *madame* Beroldy era diventata più aperta nelle sue confidenze. A diversi amici aveva detto di essere molto preoccupata per il marito. Aveva spiegato che lui era stato trascinato in diverse situazioni politiche e aveva fatto allusione a documenti importanti che gli erano stati affidati e che riguardavano un "segreto" di incalcolabile importanza europea. Erano stati affidati a lui per portare fuori strada coloro che li cercavano, ma *madame* Beroldy era molto inquieta avendo riconosciuto diversi importanti membri del Circolo Rivoluzionario di Parigi.

La tragedia era scoppiata il 28 di novembre. La donna che veniva ogni giorno a pulire e a cucinare per i Beroldy, si era sorpresa di trovare la porta dell'appartamento spalancata. Era entrata e aveva sentito dei gemiti provenire dalla camera da letto. Era andata a vedere: *madame* Beroldy giaceva sul pavimento con mani e piedi legati e un bavaglio stretto attorno alla bocca. Sul letto, in una pozza di sangue, c'era *monsieur* Beroldy, con un coltello conficcato nel cuore.

La storia raccontata dalla signora Beroldy era molto semplice. Durante la notte si era svegliata di colpo e aveva visto due uomini mascherati chini su di lei. I due l'avevano subito imbavagliata e legata. Poi avevano chiesto al signor Beroldy il famoso segreto.

Ma l'intrepido mercante di vini aveva rifiutato categoricamete di aderire alla loro richiesta. In preda alla collera per questo rifiuto, uno dei due aveva selvaggiamente pugnalato l'uomo. Poi, impossessatisi delle chiavi del morto, i due avevano aperto la cassaforte che si trovava in un angolo della stanza e avevano rubato un mucchio di carte. Entrambi gli aggressori portavano la barba, erano mascherati ma *madame* Beroldy aveva dichiarato che senza ombra di dubbio dovevano essere russi.

Il fatto aveva prodotto un'enorme sensazione. I giornali parlavano di "atrocità nichilista", di "rivoluzionari a Parigi", e del "mistero russo". Degli uomini, però, nessuna traccia. E infine, quando il tempo aveva cominciato a spegnere l'interesse del pubblico, si era verificato un altro evento sensazionale. *Madame* Beroldy era stata arrestata con l'accusa di aver ucciso il marito.

Il processo aveva suscitato un interesse appassionato. La giovinezza e la bellezza dell'imputata, nonché la sua storia misteriosa, erano stati gli ingredienti necessari per creare una *cause célèbre*. L'opinione pubblica era spaccata in due partiti: innocentisti e colpevolisti. Alla fine era risultato che il romantico passato della donna, il suo sangue blu e i misteriosi intrighi di cui aveva parlato non erano stati altro che il frutto della sua immaginazione.

L'accusa era riuscita a dimostrare, al di là di ogni ragionevole dubbio, che i genitori di Jeanne Beroldy erano una coppia molto semplice e molto rispettabile di fruttivendoli che vivevano nei dintorni di Lione. Il granduca russo, gli intrighi di corte, le mene politiche non erano state che invenzioni della fantasiosa signora, miti che lei stessa si era creata. Inoltre era anche risultato che Jeanne Beroldy era riuscita a estorcere considerevoli somme di denaro a vari creduloni, grazie all'invenzione dei "gioielli della Corona", che non erano altro che grossolane imitazioni. Tutta la storia della sua vita venne messa a nudo e si riuscì anche a scoprire il movente del delitto. Il movente era Hiram P. Trapp, il quale messo alle strette aveva dovuto ammettere di amare la signora aggiungendo che, se fosse stata libera, le avrebbe chiesto di sposarlo. Il fatto che i rapporti fra i due fossero platonici, rafforzava l'accusa contro l'imputata. Impossibilitata a diventare l'amante di quell'uomo che aveva un alto senso dell'onore, Jeanne Beroldy aveva concepito il mostruoso progetto di liberarsi dell'anziano e banale marito per diventare la moglie del ricco americano.

Durante tutto il processo, *madame* Beroldy aveva tenuto testa ai suoi accusatori con grande sangue freddo e perfetto controllo, senza mai variare la sua versione della storia. Dichiarava di essere di sangue reale e di essere stata sostituita con la figlia dei fruttivendoli, quando ancora era in fasce. E per quanto queste dichiarazioni fossero assurde e senza fondamento, una buona parte dell'opinione pubblica credeva che fossero vere.

Ma l'accusa era implacabile. Affermava che i "russi" mascherati erano pura invenzione e sosteneva che il crimine era stato commesso da *madame* Beroldy e dal suo amante Georges Conneau. A questo punto era stato emesso un ordine di cattura per l'avvocato, ma lui aveva già preso la precauzione di sparire. Era stato anche dimostrato che i lacci con cui era stata legata la signora Beroldy erano molto allentati, tanto che avrebbe potuto anche liberarsi da sola.

E poi, verso la fine del processo, la Pubblica Accusa aveva ricevuto una lettera, spedita da Parigi. Era di Georges Conneau: e, pur senza rivelare dove lui si trovasse, conteneva una particolareggiata descrizione del crimine. L'avvocato ammetteva di essere l'esecutore materiale ma il delitto era stato istigato dalla signora Beroldy. Avevano progettato insieme il modo. La donna gli aveva fatto credere che il marito la maltrattasse e lui, accecato dalla passione, che credeva ricambiata, aveva deciso di liberare colei che amava da questo giogo terribile. Ora, per la prima volta, aveva sentito parlare di questo Trapp e si era reso conto che la donna lo aveva tradito. Non per lui, la signora Beroldy voleva essere libera, bensì per il ricco americano. Si era servita di lui e ora, impazzito dalla gelosia, si vendicava denunciandola e dichiarandola complice.

A questo punto, *madame* Beroldy si era rivelata una donna straordinaria. Senza un attimo di sbandamento, aveva ritrattato le dichiarazioni precedenti e aveva ammesso che in effetti i russi erano stati una sua invenzione. Ma il vero assassino era Georges Conneau. Reso folle dalla passione, lui solo aveva commesso il crimine giurando che se lei avesse parlato, si sarebbe vendicato atrocemente. Terrorizzata dalle minacce, lei aveva dovuto scegliere il silenzio, anche perché temeva che, se avesse raccontato la verità, avrebbero potuto accusarla di complicità. Comunque da quel momento aveva deciso di non aver più nulla a che fare con l'assassino del marito e ora lui si stava vendicando con quella lettera. Infine, sotto giuramento, aveva dichiarato che quella terribile notte si era svegliata e aveva visto Georges Conneau chino su di lei con in mano un pugnale insanguinato.

Era una storia incredibile. Ma questa donna, che era riuscita a far accettare le sue favole sugli intrighi di corte, possedeva il dono supremo della persuasione. Il suo accorato appello alla giuria era stato un capolavoro. Col viso inondato di lacrime aveva parlato della figlia, del suo onore di donna e della sua volontà di non macchiare la sua reputazione per amore della bambina. Era arrivata persino ad ammettere che Georges Conneau era stato il suo amante e che quindi lei avrebbe potuto essere moralmente responsabile del crimine, ma, lo giurava davati a Dio, non aveva fatto altro. Sapeva di aver commesso una grave colpa non denunciando Georges Conneau ma... e qui la voce le si era spezzata... quale donna avrebbe avuto questo coraggio? Lei lo aveva amato. Come avrebbe potuto mandarlo alla ghigliottina? Lei aveva molte colpe e aveva commesso molti peccati, ma era innocente del terribile crimine di cui era imputata.

La sua eloquenza e la sua personalità, alla fine, avevano vinto. *Madame* Beroldy era stata assolta tra la commozione generale.

Nonostante gli sforzi, la polizia non era più riuscita a trovar traccia di Georges Conneau e anche della donna non si era più sentito parlare. Era partita da Parigi con la bambina per cominciare una nuova vita.

XVII
Ulteriori indagini

Ho raccontato il caso Beroldy. Ovviamente tutti i particolari non mi si sono presentati alla memoria nell'ordine in cui li ho descritti. Tuttavia ricordavo quel caso in maniera piuttosto precisa. Mi aveva molto interessato e poi tutti i giornali inglesi gli avevano dato ampio spazio. Per cui non posso dire di aver dovuto fare un grande sforzo a ricostruirlo.

In quel momento mi parve che il nostro problema fosse risolto. Ammetto di essere impulsivo e Poirot deplora sempre il fatto che io balzo subito alle conclusioni, ma, nel caso specifico, credo di aver avuto qualche attenuante. Oltrettutto ero ammirato dal modo in cui Poirot era arrivato a questa scoperta.

— Poirot! — esclamai. — Mi congratulo con voi. Ora vedo tutto chiaro.

— Se è vero, sono io che devo congratularmi con voi, *mon ami*... perché voi non siete proprio famoso per vedere le cose, o sbaglio?

Ero un po' urtato.

— Per favore, non prendetemi in giro. Voi fate sempre il misterioso con allusioni sibilline per cui non è mai possibile capire a che cosa state mirando.

Poirot accese lentamente una delle sue minuscole sigarette. Poi alzò lo sguardo verso di me.

— E ditemi, allora, che cosa vedete esattamente?

— Diamine, che è stata *madame* Daubreuil-Beroldy ad assassinare il signor Renauld. La somiglianza tra i due casi lo dimostra chiaramente.

— Allora voi siete convinto che *madame* Beroldy sia stata assolta ingiustamente, che era complice nell'assassinio del marito?

— Ma certo! Voi no? — Ero veramente stupito.

Poirot attraversò la stanza, spostò distrattamente una sedia e disse: — Sì, questa è anche la mia opinione. Ma non si può mai essere certi al cento per cento. Tecnicamente parlando, *madame* Beroldy è innocente!

— Di quel crimine, forse, ma non di questo!

Poirot si sedette e mi guardò a lungo, serio.

— Dunque, Hastings, voi siete proprio sicuro che *madame* Daubreuil ha assassinato il signor Renauld?

— Sì!

— E perché?

Sparò la domanda così a bruciapelo che fui preso alla sprovvista.

— Perché... — balbettai. — Perché... Oh... — ma non fui in grado di finire la frase.

Poirot annuì lentamente.

— Vedete... avete inciampato subito. Perché mai la signora Daubreuil (la chiamerò così per maggiore chiarezza) avrebbe dovuto ammazzare il signor Renauld? Non vedo l'ombra di un movente. Non trae nessun beneficio dalla sua morte. Amante o ricattatrice, aveva solo da perdere. E non esiste delitto senza movente. Il primo crimine era diverso: c'era un amante ricco che aspettava di entrare nelle scarpe del marito.

— Ma il denaro non è l'unico movente del delitto — obiettai.

— Vero — convenne Poirot. — Ce ne sono due altri. Il *crime passionnel* è uno e infine c'è un movente più raro, il delitto per un'idea che denota qualche forma di insanità mentale da parte dell'assassino. Mania omicida, fanatismo religioso, per esempio. Ma possiamo eliminarli, nel caso in esame.

— E il *crime passionnel*? Lo potete eliminare? Se *madame* Daubreuil era l'amante di Renauld, se avesse scoperto che l'amore di lui era finito, oppure se si fosse scatenata la sua gelosia per altre ragioni, non avrebbe potuto ucciderlo in un raptus di collera?

Poirot scosse il capo.

— Se... badate che dico *se*... *madame* Daubreuil era l'amante di Renauld, lui non avrebbe avuto il tempo di stancarsi. E in ogni caso voi vi ingannate sul suo carattere. È una donna che riesce a nascondere un grande stato emotivo. È una grande attrice. Ma, considerata freddamente, la sua vita contraddice le apparenze. Ha sempre agito a sangue freddo, ben calibrando le azioni. Non è stato per unirsi al giovane amante che si è fatta complice dell'assassino del marito. Il suo obiettivo era il ricco americano, del quale probabilmente non le importava nulla. Se commettesse un delitto, lo farebbe solo per guadagno. E qui, cosa aveva da guadagnare? E inoltre, come spiegate la fossa scavata di fresco? Questa è opera di un uomo.

— Potrebbe aver avuto un complice — suggerii, non del tutto convinto.

— Passo a un'altra obiezione. Voi avete parlato di similarità tra i due crimini. E dove sta questa similarità?

— Ma Poirot, siete stato proprio voi a farmela notare! La storia degli uomini mascherati, il segreto, i documenti!

Poirot sorrise benevolo.

— Vi prego, state calmo. Non rinnego quello che ho detto. È chiaro che le due storie sono simili. Ma riflettete su questo particolare. Non è stata *madame* Daubreuil a raccontarci questa favola... in tal caso tutto sarebbe semplice. È stata *madame* Renauld. Possiamo pensare che sia in combutta con l'altra?

— Non posso crederlo — dissi lentamente. — Se così fosse sarebbe l'attrice più consumata che io abbia mai conosciuto.

— *Ta-ta-ta*... ancora vi lasciate trascinare dal sentimento e non dalla logica. Se è necessario per un criminale essere un consumato attore, allora voi affermate subito che lo è. Ma è necessario? Io non credo che *madame* Renauld sia in combutta con *madame* Daubreuil per diverse ragioni che in parte vi ho già esposto. Le altre sono evidenti. Di conseguenza, eliminata questa possibilità, ci avviciniamo molto alla verità che, come sempre, è molto bizzarra e interessante.

— Poirot — gridai — cosa sapete ancora?

— *Mon ami*, cercate di fare anche voi delle deduzioni! I fatti li conoscete. Concentrate le celluline grigie. Ragionate, non come Giraud bensì come Hercule Poirot.

— Ma siete certo?

— Amico mio, sono stato per un po' un imbecille... ma ora finalmente vedo chiaro!

— Sapete tutto?

— Ho scoperto ciò che il signor Renauld voleva che scoprissi.

— E sapete chi è l'assassino?

— So chi è un assassino.

— Che cosa intendete dire?

— Qui ci sono ben due crimini. Ho risolto il primo. Per quanto riguarda il secondo devo ammettere che non sono ancora sicuro.

— Ma Poirot non avete detto che il secondo uomo era morto di morte naturale?

— *Ta-ta-ta* — sbottò ancora Poirot con la sua esclamazione preferita. — Vi ostinate a non capire. Si può avere un delitto senza un assassino, ma per due delitti è essenziale avere due cadaveri.

Non capii cosa volesse dire e lo guardai con una certa inquietudine. Aveva un'aria del tutto normale. Di colpo si alzò e andò alla finestra.

— Eccolo — disse.

— Chi?

— Jack Renauld. Gli ho mandato un messaggio alla villa per chiedergli di venire qui.

Questo fatto cambiò il corso dei miei pensieri e domandai a Poirot se sapeva che Jack Renauld si trovava a Merlinville la sera del delitto. Avevo sperato di sorprenderlo ma come al solito era onniscente. Anche lui aveva chiesto informazioni alla stazione.

— E senza dubbio non siamo stati i soli, Hastings — aggiunse. — Il bravo Giraud deve aver fatto lo stesso...

— Voi non penserete — dissi e mi fermai di colpo. — Ah, no, sarebbe proprio orribile...

Poirot mi guardò curioso, ma non parlai. Mi era venuto in mente che benché ci fossero sette donne direttamente o indirettamente coinvolte nel caso – la signora Renauld, *madame*

Daubreuil, e sua figlia, la misteriosa visitatrice e le tre domestiche – c'era, ad eccezione del vecchio Auguste, un solo uomo: Jack Renauld. E a scavare la fossa doveva essere stato un uomo...

Non ebbi tempo per approfondire questa idea perché il giovane Renauld entrò nella stanza.

Poirot lo accolse in maniera molto formale.

— Accomodatevi, prego. Mi dispiace avervi disturbato, ma forse capirete come l'atmosfera della villa non mi sia congeniale. Il signor Giraud ed io abbiamo modi diversi di vedere le cose. La sua cortesia nei miei riguardi non è eccessiva e d'altro canto non desidero metterlo al corrente delle mie piccole scoperte.

— Giusto — convenne il giovane. — Quel Giraud è un gran villano. Sarei felice se qualcuno riuscisse a umiliarlo.

— Allora posso chiedervi un piccolo favore?

— Certo.

— Dovreste andare alla stazione e prendere il treno fino alla prossima fermata, Abbalac. Qui chiedete se due stranieri, la sera del delitto, hanno lasciato una valigia al deposito bagagli. È una stazioncina, se ne ricorderanno certamente. Lo fareste per me?

— Lo farò volentieri — rispose il ragazzo, un po' sconcertato.

— Il mio amico e io dobbiamo fare altre cose urgenti — spiegò Poirot. — C'è un treno fra un quarto d'ora e vi chiederei di non tornare alla villa perché non vorrei destare la curiosità di Giraud.

— Allora vado direttamente alla stazione. — Il giovane Renauld si alzò.

— Un momento, signor Renauld — disse ancora Poirot. — C'è un particolare che mi rende perplesso. Come mai questa mattina non avete detto al giudice Hautet che la sera del delitto eravate a Merlinville?

Il viso del giovane si fece di porpora. Con un grande sforzo riuscì a controllarsi. — Vi sbagliate — disse. — Io ero a Cherbourg, come ho detto al giudice.

Poirot lo guardò con gli occhi socchiusi. — Allora ho commesso uno strano errore. E lo ha commesso anche il personale ferroviario. Tutti affermano che siete arrivato col treno delle undici e quaranta.

Jack Renauld esitò un attimo poi si decise.

— E se anche fosse? Credo che non vorrete accusarmi di aver partecipato all'assassinio di mio padre?

— Io vorrei soltanto sapere perché siete tornato a Merlinville.

— La spiegazione è semplice. Sono venuto per vedere la mia fidanzata, *mademoiselle* Daubreuil. Stavo per partire per un lungo viaggio e non sapevo per quanto tempo sarei stato lontano. Volevo vederla per assicurarla ancora una volta del mio amore.

— E l'avete vista? — domandò Poirot, fissando il giovane negli occhi.

Renauld non rispose subito. Dopo una lunga pausa di silenzio disse: — Sì.

— E poi cosa avete fatto?

— Mi sono accorto di aver perso l'ultimo treno per cui sono andato a piedi a St. Beauvais dove ho preso in affitto una macchina che mi portasse a Cherbourg.

— St. Beauvais? Ma sono quindici chilometri! Una bella passeggiata, signor Renauld.

— Io... io avevo bisogno di camminare.

Poirot finse di accettare questa versione e il giovane Renauld prese il cappello e il bastone e se ne andò. Appena uscito il mio amico balzò in piedi. — Forza, Hastings. Seguiamolo.

Tenendoci a una discreta distanza lo seguimmo per le strade di Merlinville, ma quando Poirot si accorse che il giovane in effetti si dirigeva verso la stazione, si fermò.

— Bene — disse. — Il pesciolino ha abboccato. Andrà ad Abbalac e farà indagini su una mitica valigia lasciata da due altrettanto mitici stranieri. Sì, *mon ami*, si tratta di una mia piccola idea.

— Volevate allontanarlo! — esclamai.

— Il vostro intuito è stupefacente! E adesso, andiamo a Villa Geneviève.

XVIII
Giraud agisce

— A proposito, Poirot — dissi mentre ci incamminavamo lungo la strada sbiancata dal sole — devo rimproverarvi. È chiaro che l'avete fatto per il mio bene, ma non capisco perché siete andato a curiosare all'Hotel du Phare senza dirmi niente.

Poirot mi guardò in tralice.

— E voi come fate a saperlo? — ritorse.

Arrossii violentemente.

— Ci sono passato per caso — spiegai con quanta più dignità mi era possibile.

Temetti le punzecchiature di Poirot ma, con mio grande sollievo, e devo dire anche con mia grande sorpresa, lui si limitò a scuotere il capo con aria solenne.

— Se in qualche modo ho offeso la vostra suscettibilità, vi chiedo scusa. Capirete meglio in seguito... Ma, credetemi, sto concentrando tutte le mie energie su questo caso.

— Non parliamone più — risposi conciliante. — So che l'avete fatto nel mio interesse. Comunque sono abbastanza cresciuto per badare a me stesso.

Poirot parve sul punto di aggiungere qualcosa, ma si trattenne. Arrivammo alla villa e Poirot si diresse verso il capanno dove era stato scoperto il secondo cadavere. Però non entrò. Si fermò accanto alla panchina che si trovava a pochi metri di distanza. La osservò per un minuto o due, e poi lentamente si diresse verso la siepe che segnava il confine tra Villa Geneviève e Villa Marguerite. Tornò sui suoi passi, annuendo lentamente, e infine si avvicinò di nuovo alla siepe e con le mani aprì un varco.

— C'è qualche probabilità — mi disse — che *mademoiselle* Marthe si trovi in giardino. Vorrei parlarle e preferirei non farlo in via ufficiale, convocandola alla villa. Ah... eccola. Pst... *mademoiselle*... pst! *Un moment, s'il vous plaît!*

Raggiunsi Poirot mentre Marthe Daubreuil, un po' stupita, si stava avvicinando alla siepe.

— Potrei scambiare due parole con voi, *mademoiselle*?

— Certamente, *monsieur* Poirot.

Nonostante l'apparente calma, nel suo sguardo c'era paura e apprensione.

— *Mademoiselle*, ricordate il giorno in cui mi avete fermato lungo la strada per chiedermi se già sospettavamo di qualcuno?

— E voi mi avete detto di sospettare di due cileni — rispose quasi ansimante la ragazza.

— Volete rifarmi ora la domanda, *mademoiselle*?

— Perché dovrei?

— Perché ora la mia risposta sarebbe diversa. Si sospetta di qualcuno, ma non è un cileno.

— E chi è? — esalò Marthe.

— Il signor Jack Renauld.

— Cosa? — Era un grido disperato. — Jack? Impossibile... Chi osa sospettare di lui?

— Giraud.

— Giraud? — Il viso della ragazza era color cenere. — Io ho paura di quell'uomo. È crudele. Lui... lui... — Si interruppe. Sul suo viso ora c'era un'espressione coraggiosa, determinata e in quel momento mi resi conto che era una persona pronta a combattere. Poirot la guardava fisso.

— Voi sapete, vero, che Jack era qui la notte del delitto? — domandò.

— Sì — rispose lei meccanicamente — me lo ha detto.

— Avete fatto male a tacere questo fatto — la rimproverò Poirot.

— Lo so, lo so... — Era molto nervosa. — Ma non possiamo perder tempo a recriminare. Dobbiamo trovare una soluzione per salvarlo. È innocente, ma il dirlo non servirà certo con un individuo come Giraud che pensa solo alla sua reputazione. Deve arrestare qualcuno e questo qualcuno sarà Jack.

— I fatti sono contro di lui, ve ne rendete conto?

Marthe sostenne lo sguardo di Poirot e disse le stesse parole che già le avevo sentito dire nel salotto di sua madre. — Non sono una bambina! So essere coraggiosa e affrontare la situazione. So che è innocente e noi dobbiamo salvarlo.

Aveva parlato con una sorta di disperata energia, poi tacque e chinò il capo.

— *Mademoiselle* — fece Poirot — c'è forse qualche altra cosa che sapete e che non ci avete detto?

La ragazza annuì. — Sì — ammise. — Ma non so se mi crederete... sembra così assurdo.

— Ditemelo, *mademoiselle*.

— Si tratta di questo. Il signor Giraud mi ha mandato a chiamare per vedere se ero in grado di identificare l'uomo che è stato trovato laggiù. — Fece un cenno in direzione del capanno. — Io non l'ho riconosciuto, almeno per il momento. Poi ripensandoci...

— Sì?

— Mi sembra così strano... eppure ne sono quasi sicura. Ve lo dirò. La mattina del giorno in cui Renauld è stato ucciso, stavo passeggiando qui in giardino quando ho sentito le voci di due uomini che litigavano. Ho guardato attraverso la siepe. Uno degli uomini era il signor Renauld e l'altro un vagabondo, un uomo dall'aspetto orribile, vestito di stracci. Costui passava dalle suppliche alle minacce. Mi è parso di capire che chiedesse soldi, ma proprio in quel momento *maman* mi ha chiamato e sono dovuta rientrare. È tutto, solo che... sono quasi certa che il vagabondo e l'uomo trovato nel capanno siano la stessa persona.

Poirot si lasciò sfuggire un'esclamazione.

— Ma perché non l'avete detto subito, signorina?

— Perché in quel momento avevo soltanto la vaga sensazione di aver già visto quel viso, ma l'uomo era vestito in maniera diversa, era cioè vestito bene e quindi senza dubbio apparteneva a una diversa classe sociale. Ma ditemi, signor Poirot, non è possibile che questo vagabondo abbia aggredito e ucciso il signor Renauld e poi abbia rubato soldi e vestiti?

— È un'idea, *mademoiselle* — rispose Poirot lentamente. — Lascia molte cose inspiegate, ma è pur sempre un'idea. Ci penserò.

Una voce chiamò dalla casa.

— *Maman* — disse la ragazza. — Devo andare. — E corse via.

— Andiamo — mi disse Poirot e si diresse verso la villa.

— Che cosa ne pensate? — domandai curioso. — È vera questa storia o la ragazza l'ha inventata per stornare i sospetti dal suo innamorato?

— È una storia strana, ma io credo che sia l'assoluta verità. E senza volerlo, *mademoiselle* Marthe ci ha detto la verità su un altro punto e ha smentito Jack Renauld. Avete notato che Renauld ha avuto un attimo di esitazione quando gli ho chiesto se la notte del delitto avesse visto Marthe Daubreuil? Ha fatto una pausa e poi ha detto "sì". Ho capito subito che stava mentendo, per questo avevo urgenza di vedere Marthe prima che lui l'avvertisse. E sono bastate tre paroline per darmi l'informazione che volevo. Quando le ho chiesto se sapeva che Jack Renauld era qui la notte del delitto, mi ha risposto "me lo ha detto". Ora, Hastings, che cosa faceva qui Jack Renauld quella terribile sera, e se non si è incontrato con Marthe con chi si è incontrato?

— Ma Poirot — risposi sconvolto — non crederete che quel ragazzo possa aver assassinato suo padre!

— *Mon ami*, quando la smetterete di fare il sentimentale? Ho visto madri uccidere i figli per denaro! E quindi tutto può essere possibile!

— E il movente?

— Denaro, ovvio. Ricordate che Jack Renauld pensava di ereditare la metà del patrimonio del padre?

— Ma allora il vagabondo come c'entra?

Poirot si strinse nelle spalle.

— Giraud direbbe che era un complice... un prezzolato che ha aiutato il giovane Renauld a commettere il crimine e che dopo è stato a sua volta convenientemente eliminato.

— Ma il capello sull'impugnatura del pugnale? Quel capello da donna?

— Ah — Poirot sorrise divertito. — Questo è il fiore all'occhiello della teoria di Giraud. Secondo lui, non si tratta affatto di un capello da donna. Dice che i giovani di oggi portano i capelli piuttosto lunghi, pettinati all'indietro e impomatati.

— Ma voi in realtà cosa ne pensate?

— Io? — fece Poirot sempre sorridendo. — Per me è un capello da donna e so anche di quale donna.

— *Madame* Daubreuil!

— Forse...

Questa volta mi imposi di non arrabbiarmi.

— E adesso cosa facciamo? — domandai mentre entravamo nella hall di Villa Geneviève.

— Vorrei dare un'occhiata agli effetti di Jack Renauld. Ecco perché l'ho spedito lontano per qualche ora.

— Ma Giraud avrà già fatto perquisire tutto — obiettai.

— Certo. Lui costruisce il caso come un castoro costruisce una diga, con una snervante operosità. Ma certamente non avrà cercato le cose che invece sto cercando io perché non ne capirebbe l'importanza nemmeno se ci sbattesse il naso contro. Diamoci da fare.

Ci recammo nella camera di Jack Renauld e con calma e con metodo Poirot aprì tutti i cassetti, uno dopo l'altro e ne esaminò il contenuto. Era un lavoro lento e noioso. Poirot frugò tra colletti, calze, pigiami. A un certo punto il rumore di un motore mi attirò alla finestra.

— Poirot! — gridai. — È appena arrivata una macchina. C'è Giraud, Jack Renauld e due agenti.

— *Sacré tonnerre!* — sbottò Poirot. — Quella bestia di Giraud, non poteva aspettare? Non riuscirò a risistemare gli oggetti in questo cassetto nel giusto ordine! Forza, aiutatemi.

Rovesciò il contenuto del cassetto sul pavimento. C'erano cravatte e fazzoletti e Poirot si mise a frugare forsennatamente. A un certo punto, con un grido di trionfo, afferrò una fotografia. Se la infilò in tasca, buttò alla rinfusa gli oggetti nel cassetto, mi afferrò per un braccio e mi trascinò fuori dalla stanza. Scendemmo le scale. Nella hall c'era Giraud col suo prigioniero.

— Buongiorno, Giraud — disse Poirot. — Che cosa è successo?

— Stava cercando di fuggire — rispose l'ispettore francese, indicando Jack — ma io sono più furbo di lui. È in stato di arresto per l'assassinio di suo padre, Paul Renauld.

Poirot si avvicinò a Jack che pallido come un morto si era appoggiato alla porta.
— Che cosa avete da dire, *jeune homme*?
Jack Renauld lo fissò con lo sguardo vuoto.
— Nulla — rispose.

XIX
Cellule grigie in funzione

Ero sbalordito. Fino a quel momento mi ero rifiutato di credere che Jack Renauld fosse colpevole. Mi ero quindi aspettato una sua reazione, avevo pensato che proclamasse la propria innocenza quando Poirot lo aveva pungolato. Ora, vedendolo pallido e spaventato e sentendo quella risposta che era quasi una confessione, non dubitai più.
Ma Poirot stava parlando a Giraud.
— In base a quali prove lo avete arrestato?
— E vi aspettate che ve lo dica?
— Se non altro per cortesia, sì.
Giraud lo guardò dubbioso. Era dibattuto tra il desiderio di rifiutare sgarbatamente e il piacere di trionfare sul suo avversario.
— Voi siete convinto che io abbia commesso un errore, suppongo? — disse invece.
— La cosa non mi sorprenderebbe — ribatté Poirot con un pizzico di malizia.
Giraud arrossì di rabbia.
— *Eh, bien*, venite qui. Giudicherete voi stesso. — Spalancò l'uscio del salotto ed entrammo. Jack Renauld rimase nell'atrio assieme ai due agenti.
— Ora, signor Poirot — esordì Giraud con tono sarcastico mentre lentamente deponeva il cappello sul tavolo — vi terrò una breve conferenza sul lavoro dell'investigatore. Vi darò una dimostrazione dei metodi moderni.
— *Bien!* — esclamò il mio amico — e io vi darò un esempio di come la vecchia guardia sa ascoltare. — Si allungò in una poltrona, chiuse gli occhi e disse: — Non temete, non mi addormenterò. Anzi, ascolterò con la massima attenzione.
— Dunque — cominciò Giraud — ho visto subito chiaro in quella buffonata dei cileni. È vero che qui c'erano due uomini, ma non erano dei misteriosi forestieri. Questa storia era un inganno.

— Fin qui molto attendibile ciò che dite, mio caro Giraud — mormorò Poirot. — Soprattutto alla luce di quel loro trucchetto con fiammifero e mozzicone di sigaretta.

Giraud cercò di controllarsi e riprese a parlare.

— Nel delitto doveva essere implicato un uomo per scavare la fossa. In realtà non c'è nessun uomo che trae vantaggio dal crimine, ma c'era un uomo che pensava di poterne trarre. Sono venuto a sapere della lite di Jack Renauld con suo padre e delle minacce che lui si è lasciato sfuggire. Questo mi ha stabilito il movente. Ora vediamo la modalità. Jack Renauld quella sera era a Merlinville. Ha taciuto il fatto, trasformando così il sospetto in certezza. Poi abbiamo trovato una seconda vittima, *pugnalata con il medesimò pugnale*. Sappiamo quando il pugnale è stato rubato. Il capitano Hastings può dirci l'ora esatta. Jack Renauld, arrivando da Cherbourg, era l'unica persona che avrebbe potuto prenderlo. Ho controllato i movimenti di tutti gli altri abitanti della casa.

— Vi sbagliate — lo interruppe Poirot. — C'è un'altra persona che avrebbe potuto prendere il pugnale.

— Alludete al signor Stonor? È arrivato alla porta d'ingresso della villa con un'automobile che lo aveva portato qui direttamente da Calais. Ah, credetemi, ho controllato tutto. Jack Renauld è arrivato col treno. Dal momento dell'arrivo al momento in cui si è presentato in casa è passata un'ora. Senza dubbio ha visto il capitano Hastings e la sua amica uscire dalla rimessa, è entrato, ha preso il pugnale, ha pugnalato il suo complice nel capanno...

— Che era già morto!

Giraud si strinse nelle spalle.

— Forse non se ne è reso conto. Può aver pensato che stesse dormendo. È chiaro che avevano un appuntamento. Comunque lui sapeva che questo apparente secondo delitto avrebbe creato una grande confusione e così è stato.

— Ma non ha certo confuso il grande Giraud — mormorò Poirot.

— Prendetemi pure in giro. Adesso vi fornirò l'ultima, irrefutabile prova. La storia di *madame* Renauld era falsa... tutta una invenzione dall'inizio alla fine. Crediamo che *madame* Renauld abbia amato suo marito... *eppure ha mentito per proteggerne l'assassino*! E per chi una donna mente? A volte per se stessa, spesso per l'uomo che ama, *sempre* per i figli. Ecco l'ultima, irrefutabile prova. Non potete smantellarla! — Giraud fece una pausa per assaporare il proprio trionfo.

Poirot lo guardò impassibile.

— Questo è il mio caso — concluse Giraud. — Cosa avete da dire?

— Solo che non avete tenuto conto di una cosa.

— E sarebbe?

— Jack Renauld era senza dubbio al corrente dei lavori che si stavano facendo al campo di golf. Sapeva quindi che il corpo sarebbe stato scoperto quasi subito, quando cioè gli operai avrebbero cominciato a scavare.

Giraud scoppiò a ridere.

— Ma che cosa state dicendo? Lui voleva che il corpo fosse scoperto. Perché fino a quando non fosse stato scoperto, lui non avrebbe potuto presumere la morte del padre e quindi entrare in possesso dell'eredità.

Poirot si alzò in piedi e vidi un lampo passare nei suoi occhi verdi.

— E allora perché seppellirlo? — domandò con calma. — Riflettete, Giraud. Dal momento che a Jack Renauld conveniva che il corpo fosse scoperto, *perché scavare una fossa*?

Giraud non rispose. La domanda lo coglieva impreparato. Si limitò a stringersi nelle spalle come se il problema non avesse rilevanza.

Poirot si avviò verso la porta e io lo seguii.

— C'è un'altra cosa di cui non avete tenuto conto — disse il mio amico prima di uscire.

— Che cosa?

— Quel pezzo di tubo di piombo — sentenziò Poirot e uscì.

Jack Renauld si trovava ancora nell'atrio. Era pallidissimo, ma quando uscimmo dal salotto ci guardò e stava per dire qualcosa quando si sentì un rumore di passi provenire dalle scale. La signora Renauld stava scendendo. Vedendo il figlio tra due agenti si fermò, come pietrificata.

— Jack... — balbettò. — Jack, cosa è successo?

— Mi hanno arrestato, mamma.

— Cosa? — La donna lanciò un grido, barcollò e cadde di schianto sulle scale. Ci precipitammo verso di lei. Poirot si chinò e quando si rialzò era molto serio.

— Ha picchiato la testa contro lo spigolo del gradino. Temo che ci sia una commozione cerebrale. Se Giraud vuole interrogarla, dovrà aspettare un bel po'. Chissà quando riprenderà conoscenza...

Erano arrivate di corsa Denise e Françoise. Poirot affidò la signora Renauld alle loro cure e lasciò la casa. Camminava con la testa china e io lo seguii per un po' senza parlare. Alla fine azzardai una domanda.

— Voi credete che, contro tutte le apparenze, Jack Renauld sia innocente?

— Non lo so, Hastings. C'è solo una probabilità che non lo sia. Certo, Giraud sbaglia tutto... dall'inizio alla fine. Se Jack Renauld è colpevole, lo è *nonostante* le argomentazioni di Giraud. E la prova più grave contro di lui la conosco solo io.

— Di che si tratta? — domandai subito.

— Usate le cellule grigie e cercate di vedere il caso nel suo insieme come faccio io e forse lo scoprirete anche voi, amico mio.

Era una di quelle risposte di Poirot che definisco irritanti.

— Andiamo verso il mare — aggiunse poi. — Potremo sederci laggiù, su quella collinetta, ammirare la spiaggia e riflettere sul caso. Voi sapete tutto ciò che so io, ma preferirei che giungeste alla verità da solo e non perché io vi conduco per mano.

Ci sedemmo su uno spiazzo erboso che dominava il mare. Sotto si stendeva la spiaggia e le grida dei bagnanti arrivavano fino a noi. Il mare era azzurro e calmo e all'improvviso mi resi conto che da quando eravamo arrivati a Merlinville erano passati soltanto tre giorni... e mi pareva un'eternità.

— Pensate, amico mio — mi incoraggiò Poirot. — Mettete in ordine le idee. Siate metodico. Logico. Ecco il segreto del successo.

Mi sforzai di seguire il suo consiglio e con la mente rievocai tutti gli avvenimenti. Più pensavo più mi convincevo che l'unica spiegazione possibile era quella di Giraud... che Poirot scartava. Ricominciai da capo. Se esisteva qualche barlume era nella direzione della signora Daubreuil. Giraud ignorava il suo coinvolgimento nel caso Beroldy. Poirot aveva dichiarato che il caso Beroldy era della massima importanza. Era in questo senso che dovevo dirigere i miei pensieri. Ecco, ora ero sulla pista giusta. E improvvisamente sobbalzai perché un'idea folgorante mi attraversò la mente, come un lampo. Sconvolto, costruii la mia ipotesi.

— Vedo che avete avuto un'idea, *mon ami*! Bene, facciamo progressi.

Mi alzai e accesi la pipa.

— Poirot — dissi — capisco che siamo stati stranamente negligenti. Dico noi, anche se dovrei forse dire io. Ma voi dovete pagare per essere stato tanto misterioso. Per cui ribadisco la *nostra* trascuratezza. Ci siamo dimenticati di qualcuno.

— E di chi? — domandò Poirot con gli occhi che brillavano.

— Di Georges Conneau!

XX
Una dichiarazione sconcertante

Poirot mi abbracciò quasi commosso. — *Enfin!* Ci siete arrivato. E da solo! Meraviglioso! Continuate nel vostro ragionamento. E poi avete ragione quando dite che abbiamo sbagliato a dimenticarci di Conneau.

Ero lusingatissimo dalle lodi sperticate di Poirot, ma riuscii di nuovo a raccogliere i miei pensieri.

— Georges Conneau — ragionai — è scomparso venti anni fa. Ma non abbiamo nessun valido motivo per credere che sia morto.

— *Aucunement!* — convenne il mio amico. — Procedete, Hastings.

— Di conseguenza dobbiamo presumere che sia ancora vivo.

— Esatto.

— Oppure che sia stato vivo fino a poco tempo fa.

— *De mieux en mieux!*

— Supponiamo allora — ripresi con entusiasmo crescente — che sia caduto molto in basso, che sia diventato un criminale, un fuorilegge, un vagabondo... qualsiasi cosa. Per caso un giorno arriva a Merlinville e trova la donna che non ha mai cessato di amare.

— Attento al sentimentalismo! — ammonì Poirot.

— Dove c'è odio c'è amore — citai un po' a vanvera. — Ad ogni modo lui scopre che la donna vive qui sotto falso nome. Ma ha un nuovo amante, l'inglese Renauld. I torti subiti ricominciano a far male e Georges Conneau litiga con questo Renauld. Lo spia, gli tende un agguato e quando Renauld esce di casa per andare dalla sua amante, lo pugnala alla schiena. Poi, orripilato da ciò che ha fatto, comincia a scavare una fossa. È anche probabile che *madame* Daubreuil sia uscita a cercare il suo uomo. Tra lei e Conneau scoppia una terribile lite. Lui la trascina nella rimessa, e qui, all'improvviso, viene colpito da un attacco epilettico. Ora supponiamo che a questo punto compaia Jack Renauld. *Madame* Daubreuil gli racconta tutto, e gli fa capire quali conseguenze ricadrebbero su Marthe se tornasse a galla l'antico scandalo. L'assassino di suo padre è morto... ha pagato e quindi non resta che mettere tutto a tacere. Jack Renauld è d'accordo, torna a casa, ha un colloquio con la madre e riesce a convincerla ad accettare di farsi imbavagliare e legare, così come gli aveva suggerito *madame* Daubreuil. Ecco, Poirot, cosa ne pensate? — Mi allungai sull'erba orgoglioso della mia perfetta ricostruzione.

Poirot mi guardò pensieroso.

— Credo che potreste scrivere sceneggiature per il cinema, *mon ami* — disse.

— Ma come...

— La storia che mi avete raccontato sarebbe un ottimo film, ma non ha nessun rapporto con la realtà.

— Be', ammetto di non essermi dilungato in troppi dettagli...

— Avete fatto di più... li avete ignorati. Cosa mi dite del modo in cui i due uomini erano vestiti? Pensate che dopo aver pugnalato la sua vittima, Conneau le abbia tolto gli abiti per indossarli e abbia rimesso a posto il pugnale?

— Non vedo quale importanza possa avere — obiettai piuttosto risentito. — Avrebbe potuto farsi dare abiti e denaro dalla signora Daubreuil il giorno prima, dopo averla minacciata.

— Minacciata? Veramente siete convinto di questo?

— Certo, può averla minacciata di rivelare la sua vera identità a Renauld, il quale avrebbe senza dubbio messo fine a tutte le speranze di Jack, riguardo il matrimonio con Marthe.

— Vi sbagliate, Hastings. Lui non avrebbe potuto ricattarla perché era *madame* Daubreuil ad avere il coltello per il manico. Non dovete dimenticare che Georges Conneau è sempre ricercato per omicidio. Una parola della donna sarebbe bastata per mandarlo alla ghigliottina.

Riluttante dovetti ammettere che Poirot aveva ragione.

— La vostra teoria — dissi acido — senza dubbio spiega anche tutti questi dettagli.

— La mia teoria è la verità — rispose calmo Poirot. — E la verità spiega tutto. Voi avete commesso un errore fondamentale. Vi siete lasciato trascinare dalla fantasia e avete immaginato appuntamenti segreti e appassionate scene d'amore. Ma quando si indaga su un crimine bisogna camminare su sentieri concreti. Posso darvi una dimostrazione dei miei metodi?

— Oh, ma certo, sentiamo!

Poirot cominciò a parlare muovendo le mani per enfatizzare il suo discorso.

— Partirò come voi dal fatto fondamentale di Georges Conneau. È stato accertato che la storia raccontata da *madame* Beroldy in tribunale, la storia dei misteriosi russi, era tutta una invenzione. Se la donna era innocente del reato di complicità, il delitto era comunque stato ideato da lei e da lei sola; se, d'altro canto lei *non* era innocente, allora possiamo pensare che il delitto sia stato ideato sia da lei sia da Georges Conneau. Ora, nel caso di cui ora ci stiamo occupando, ci imbattiamo nella medesima storia. Come vi ho già fatto notare, i fatti sembrano rendere poco probabile l'ipotesi che *madame* Daubreuil sia stata l'ispiratrice del crimine. Per cui dobbiamo pensare che la storia abbia le sue origini nel cervello di Georges Conneau. Bene. Dunque Georges Conneau ha ideato il suo delitto con *madame* Renauld come complice. Le luci dei riflettori sono puntate su di lei, ma dietro questa donna c'è la figura indistinta di un uomo il cui nome ci è ancora sconosciuto. Adesso rivediamo il caso Renauld fin dall'inizio e concentriamo la nostra attenzione su tutti i punti significativi, in ordine cronologico. Avete un blocchetto e una matita? Bene. Qual è il primo punto da annotare?

— La lettera che avete ricevuto?

— Questa è la prima cosa che abbiamo saputo, ma non è il vero inizio del caso. Direi che il primo punto significativo è il cambiamento avvenuto nel signor Renauld dopo il suo arrivo a Merlinville, come testimoniano diverse persone. Dobbiamo anche considerare la sua amicizia con *madame* Daubreuil e le somme di denaro che le ha pagato. Da qui possiamo arrivare direttamente al ventitré maggio.

Poirot fece una pausa, si schiarì la voce e mi fece cenno di scrivere. Cominciò a dettare.

— *23 maggio*. Il signor Renauld litiga col figlio perché quest'ultimo vuole sposare Marthe Daubreuil. Il figlio parte per Parigi.

"*24 maggio*. Il signor Renauld modifica il proprio testamento. Lascia il controllo di tutte le sue sostanze nelle mani della moglie.

"*7 giugno*. Lite con un vagabondo in giardino, secondo la testimonianza di Marthe Daubreuil.

"Lettera scritta a Hercule Poirot in cui Renauld chiede il suo aiuto.

"Telegramma mandato a Jack Renauld per ordinargli di salpare con l'*Anzora* per Buenos Aires.

"All'autista Masters viene dato un giorno di vacanza.

"Visita di una signora, quella sera stessa. Mentre Renauld l'accompagna fuori le sue parole sono 'Sì, sì... ma per l'amor del cielo, andatevene...'"

Poirot fece una pausa.

— Ecco, Hastings, considerate tutti questi fatti uno per

uno, consideratelì attentamente anche in relazione al quadro generale e vedete se riuscite a gettare qualche nuova luce sulla faccenda.

Mi sforzai di fare come aveva detto. Dopo un momento di riflessione dissi dubbioso: — Riguardo i primi punti, il problema si pone o in termini di ricatto o in termini di una infatuazione per questa donna.

— Ricatto, decisamente. Avete sentito ciò che Stonor ha detto sul carattere e le abitudini di Renauld.

— Però la signora Renauld non ha confermato questa versione — obiettai.

— Abbiamo già appurato che le testimonianze della signora Renauld non sono molto attendibili. Su questo punto dobbiamo credere a Stonor.

— Eppure, se Renauld aveva una storia con una certa Bella, perché non avrebbe potuto averne un'altra con *madame* Daubreuil?

— Infatti, Hastings, ma ne siamo certi?

— La lettera, Poirot. Voi dimenticate la lettera.

— No, non l'ho dimenticata. Ma che cosa ci fa credere che la lettera fosse indirizzata al signor Renauld?

— Diamine, è stata trovata nella sua tasca e... e...

— E questo è tutto — tagliò corto Poirot. — Però non c'era niente che dimostrasse chi era esattamente il destinatario. Noi abbiamo dedotto che fosse il signor Renauld semplicemente perché l'abbiamo trovata nella tasca del suo soprabito. Ora, *mon ami*, c'era qualcosa in quel soprabito che mi aveva colpito. L'ho misurato e se ricordate, avevo osservato che era molto lungo. E questa mia osservazione avrebbe dovuto farvi pensare.

— Ho pensato che l'aveste detto così tanto per dire qualcosa — confessai.

— Ah, *quelle idée*! Poi mi avete osservato mentre misuravo il soprabito di Jack Renauld. *Eh, bien*, il soprabito di Jack Renauld era molto corto. A questi due particolari unitene un terzo e cioè che Jack, quando è partito per Parigi, è uscito precipitosamente da casa e ditemi le vostre conclusioni.

— Capisco — dissi lentamente mentre il significato delle parole di Poirot si faceva strada nel mio cervello. — Quella lettera era indirizzata a Jack Renauld, non a suo padre. E lui nella fretta di uscire ha preso il soprabito sbagliato.

Poirot annuì.

— *Précisement!* Torneremo ancora su questo punto. Per il momento accontentiamoci di stabilire che la lettera non aveva nulla a che vedere con Renauld padre e passiamo al successivo evento, in ordine cronologico.

— "23 maggio" — lessi. — "Il signor Renauld litiga col figlio perché quest'ultimo vuole sposare Marthe Daubreuil. Il figlio parte per Parigi." Mi pare che qui non ci sia un gran che da rilevare e il fatto che il giorno successivo il signor Renauld abbia modificato il testamento mi pare la conseguenza diretta della lite.

— Sono d'accordo, *mon ami*, per lo meno sulla causa. Ma qual è il reale motivo che ha spinto Renauld padre ad agire in questo modo?

Spalancai gli occhi per la sorpresa.

— Un moto di rabbia contro il figlio.

— Eppure a Parigi gli ha scritto lettere molto affettuose.

— Così afferma Jack Renauld, ma non è in grado di dimostrarlo.

— Andiamo avanti.

— Arriviamo al giorno della tragedia. Voi avete elencato gli avvenimenti di quel giorno secondo un certo ordine. Per quale motivo?

— Ho appurato che la lettera indirizzata a me era stata spedita contemporaneamente al telegramma. Poco dopo a Masters è stato detto che poteva prendersi un giorno di libertà. Secondo me la lite col vagabondo è avvenuta poco dopo questi avvenimenti.

— Non capisco come possiate stabilirlo con certezza... a meno che non vogliate interrogare di nuovo Marthe Daubreuil.

— Non serve. Sono sicuro di quello che dico. E se voi non capite il perché, Hastings, allora non capite niente.

Lo guardai fisso. — Certo — sbottai. — Sono un idiota! Se il vagabondo era Georges Conneau, allora è stato dopo la lite con lui che Renauld ha capito di essere in pericolo. Ha spedito in vacanza l'autista Masters, che sospettava di essere in combutta con l'altro, ha telegrafato al figlio e vi ha mandato a chiamare.

Poirot sorrise.

— Non trovate strano che nella sua lettera lui abbia usato esattamente le stesse espressioni usate, più tardi, dalla signora Renauld quando ha raccontato la storia? Se l'accenno a Santiago era un tranello, perché Renauld ne ha parlato e soprattutto perché ci ha mandato il figlio?

— È strano, lo ammetto, ma forse troveremo qualche spiegazione più tardi. Veniamo alla sera e alla visita della misteriosa signora. Confesso che questa storia mi confonde. A meno che non si trattasse proprio di *madame* Daubreuil, come sostiene Françoise.

Poirot scosse il capo.

— Amico mio, amico mio, dove vanno a perdersi i vostri ragionamenti? Ricordate il frammento di assegno, il fatto che il nome di Bella Duveen fosse vagamente familiare a Stonor e allora possiamo dare per scontato che Bella Duveen è il nome della sconosciuta autrice di quella lettera indirizzata a Jack e che è la stessa donna che è venuta a Villa Geneviève quella sera. Non possiamo dire con certezza se sia venuta per vedere Jack o per fare appello al padre, ma possiamo almeno presumere che le cose siano andate così. La donna ha fatto vedere a Renauld padre le lettere che Jack le aveva scritto e lui ha cercato di comprarla, firmandole un assegno. Lei lo ha strappato indignata. Il tono della lettera è quello di una donna sinceramente innamorata e quindi dev'essersi sentita molto offesa dall'offerta di denaro. Alla fine Renauld è riuscito a sbarazzarsi di lei e quindi le parole che ha usato acquistano un significato.

— "Sì... sì... ma per l'amor del cielo andatevene..." — ripetei. — Mi sembrano un po' troppo veementi, ma comunque va bene.

— Tenete conto che Renauld non vedeva l'ora che la donna se ne andasse. Come mai? Non solo perché quella visita era sgradevole. No, soprattutto perché il tempo passava e per una ragione che non sappiamo, il tempo era prezioso.

— E perché? — domandai sconcertato.

— È proprio quello che dobbiamo domandarci. Perché? Ma più tardi abbiamo l'incidente dell'orologio da polso... che ci dimostra, una volta di più, come il tempo abbia giocato un ruolo importante in questo caso. Ora ci avviciniamo al momento del dramma. Alle dieci e mezzo Bella Duveen se ne va, e la prova dell'orologio ci dice che il crimine è stato commesso, o comunque previsto, prima di mezzanotte. Abbiamo riesaminato tutti gli eventi anteriori al delitto; ce n'è solo uno fuori luogo. L'esame medico dimostra che il vagabondo, quando è stato trovato, era morto per lo meno da quarantotto ore... con un possibile margine di ben ventiquattro ore in più. Ora, non avendo altri fatti, oltre a quelli che abbiamo esaminato, che possano aiutarmi, io stabilisco che la morte debba essere avvenuta la mattina del sette giugno.

Ancora una volta lo guardai stupefatto.

— Ma come? Perché? Come potete saperlo?

— Perché soltanto così possiamo spiegare logicamente la sequenza degli eventi. *Mon ami*, vi ho portato passo per passo lungo la strada. Ancora non riuscite a vedere ciò che è tanto chiaro?

— Mio caro Poirot, io di chiaro non vedo proprio niente. Poco fa pensavo di cominciare a vedere la luce, ma ora sono di nuovo nel buio totale.

Poirot mi guardò con espressione triste e scosse il capo.

— *Mon Dieu!* Come è triste! Una buona intelligenza... e una così deplorevole mancanza di metodo. C'è un esercizio molto valido per sviluppare le cellule grigie e voglio insegnarvelo...

— Per l'amor del cielo, non ora! Siete una delle persone più irritanti che io conosca, Poirot. Per l'amor di Dio, ditemi solo chi ha ucciso il signor Renauld.

— È proprio la cosa di cui non sono ancora sicuro.

— Ma avete appena detto che era tutto chiaro!

— Non riusciamo a capirci, caro amico. Non dimenticate che stiamo investigando su due delitti per i quali, come vi ho già fatto notare, sono necessari due cadaveri. Su, non spazientitevi... Spiegherò tutto. Tanto per cominciare, applichiamo la psicologia. Ci sono tre momenti psicologici diversi che riguardano il signor Renauld. Il primo si verifica immediatamente dopo l'arrivo a Merlinville, il secondo dopo la lite col figlio su un certo problema, e il terzo la mattina del sette giugno. Quindi abbiamo tre cause. Possiamo attribuire il primo all'incontro con *madame* Daubreuil. Il secondo si riferisce indirettamente sempre a questa donna dal momento che riguarda il matrimonio del figlio con Marthe. Ma, ahimè, la causa del terzo ci è sconosciuta. Dobbiamo dedurla. Ora, *mon ami*, lasciate che vi ponga una domanda: chi pensate che abbia progettato questo crimine?

— Georges Conneau — risposi esitante.

— Esatto. Giraud afferma come assioma che una donna mente per salvare se stessa, l'uomo che ama e i figli. Dal momento che siamo certi che è stato Georges Conneau a imporle di mentire, e dal momento che Georges Conneau non è suo figlio, ne consegue che la terza ipotesi è fuori causa. Eliminiamo anche la prima, attribuendo il crimine a Georges Conneau. Quindi non ci resta che la seconda ipotesi e cioè che *madame* Renauld abbia mentito per salvare l'uomo che amava, in altre parole per salvare Georges Conneau. Siete d'accordo?

— Sì — ammisi. — È logico.

— *Bien!* Quindi *madame* Renauld ama Georges Conneau. Chi è allora Georges Conneau?

— Il vagabondo.

— Abbiamo prove che dimostrino che *madame* Renauld amasse un vagabondo?

— No, ma...

— Molto bene. Non ci si può aggrappare a teorie che non sono sostenute da fatti. Chiedetevi invece chi è la persona che *madame* Renauld amava.

Scossi il capo perplesso.

— *Mais oui*, lo sapete perfettamente. Chi è l'uomo che la signora Renauld amava tanto profondamente da perdere i sensi alla vista del suo cadavere?

— Suo marito — balbettai.

Poirot annuì. — Suo marito o Georges Conneau... chiamatelo come volete.

— Ma è impossibile! — gridai.

— Perché impossibile? Non abbiamo già stabilito che *madame* Daubreuil si trovava nella posizione di poter ricattare Georges Conneau?

— Sì, ma...

— E non stava, in effetti, ricattando il signor Renauld?

— Sì, forse è così, ma...

— E non è forse anche vero che non sappiamo nulla né dell'infanzia né della giovinezza di Renauld? Sappiamo solo che è comparso dal nulla un giorno sotto le spoglie di un franco-canadese esattamente ventidue anni fa.

— Tutto questo è vero — dissi deciso — ma mi pare che trascuriate un punto importante.

— Quale, amico mio?

— Diamine, abbiamo ammesso che è stato Conneau ad architettare il delitto. Non mi direte che aveva progettato l'assassinio di se stesso? È ridicolo.

— E invece, *mon ami*, è proprio quello che ha fatto.

XXI
Hercule Poirot spiega

Con voce pacata, Poirot cominciò la sua esposizione.

— Vi sembra strano, amico mio, che un uomo possa decidere la propria morte? Sì, tanto strano che rifiutate la verità perché troppo improbabile e preferite costruire una storia che in realtà è dieci volte più impossibile. Il signor Renauld ha progettato la propria morte, ma c'è un dettaglio che forse vi è sfuggito. Lui non intendeva morire davvero!

Scossi il capo, sbalordito.

— È tutto molto semplice — continuò il mio amico. — Per il delitto che il signor Renauld intendeva commettere non era necessario un assassino, come vi ho già detto, ma soltanto un cadavere. Vediamo di ricostruire il caso, considerando gli eventi da una prospettiva diversa.

"Georges Conneau sfugge alla giustizia e va in Canada. Qui assume un falso nome e si sposa. Poi si costruisce una immensa fortuna in Sud America. Ma sente sempre la nostalgia del suo paese. Sono passati venti anni, fisicamente è cambiato e inoltre è diventato un uomo così importante che a nessuno verrebbe in mente di associarlo con quell'assassino che era sfuggito alla giustizia molti anni prima. Si convince quindi che il suo ritorno in Europa non nasconde nessun pericolo. Stabilisce il suo quartier generale in Inghilterra, ma intende passare le estati in Francia. E la sfortuna, quella oscura giustizia che forgia il destino degli uomini e non consente loro di evitare le conseguenze dei loro atti, lo porta a Merlinville. E qui, in questa piccola località, c'è l'unica persona in grado di riconoscerlo. Per *madame* Daubreuil è come scoprire una miniera d'oro e la donna non ha certo perso tempo nello sfruttarla. Lui è totalmente nelle sue mani. E comincia a pagare. Un vero salasso.

"Poi capita l'inevitabile. Jack Renauld si innamora della bella ragazza che vede ogni giorno e decide di sposarla. Il che scatena l'ira paterna. A tutti i costi Renauld vuole impedire che Jack sposi la figlia di quella donna diabolica. Jack non sa nulla del passato del padre mentre la moglie ne è al corrente. *Madame* Renauld è una donna dotata di una grande forza di carattere e ama appassionatamente il marito. Si consultano. Renauld vede un'unica via d'uscita: la morte. Lui deve fingere di morire e scappare in un altro paese dove ricominciare un'altra nuova vita, sotto un altro falso nome. La moglie, dopo aver recitato per un lasso di tempo ragionevole la parte della vedova disperata, lo dovrà raggiungere. È quindi indispensabile che sia *madame* Renauld ad avere il controllo del patrimonio per cui lui modifica il testamento. Come avessero deciso di organizzare la storia del cadavere non lo so, forse con un incendio e uno scheletro comprato da qualche studente in medicina, o qualcosa del genere, ma prima ancora che i loro piani possano prendere una forma definitiva succede una cosa che risolve il problema. Un vagabondo, violento e insolente, entra nel loro giardino. C'è una lite, il signor Renauld tenta di buttarlo fuori e all'improvviso, il vagabondo viene colto da un attacco epilettico e muore. Il signor Renauld chiama la moglie, insieme lo trascinano nel capanno – come sappiamo l'evento è successo fuori – e si rendono conto della meravigliosa occasione piovuta dal cielo. L'uomo non ha nessuna rassomiglianza con Renauld, ma è di media età, è un comune tipo francese. Quanto basta.

"Immagino che i due si siano seduti su quella panchina là fuori, lontani da orecchie indiscrete e abbiano discusso il problema. L'identificazione doveva basarsi unicamente sulla testimonianza della signora Renauld. Jack Renauld e l'autista, Masters, che era al loro servizio da due anni, dovevano essere allontanati. Era improbabile che le cameriere si avvicinassero al cadavere e, in ogni caso, il signor Renauld decide di prendere misure adatte a confondere chi non bada troppo ai dettagli. Quindi Masters viene allontanato e a Jack viene spedito un telegramma. Il riferimento a Buenos Aires doveva servire a dar credito alla storia su cui Renauld basava tutta l'impresa. Poi, avendo sentito parlare di me, un oscuro anziano detective, mi ha spedito quella lettera per chiedere il mio aiuto sapendo che, quando fossi arrivato, questa lettera avrebbe colpito molto il giudice istruttore. Cosa che in effetti si è verificata.

"Hanno vestito il cadavere del vagabondo con un abito di Renauld e hanno lasciato i suoi logori indumenti vicino alla porta del capanno, non osando portarli in casa. E infine, per avvalorare la storia che *madame* Renauld avrebbe dovuto raccontare, gli hanno conficcato il pugnale nel cuore. Quella sera, il signor Renauld avrebbe legato e imbavagliato la moglie e poi, dopo aver preso una vanga, avrebbe scavato una fossa in quel particolare punto del terreno dove, lui lo sapeva perfettamente, gli operai avrebbero dovuto fare... come si chiama?... una trappola di sabbia. Era essenziale che il cadavere venisse scoperto perché *madame* Daubreuil avrebbe potuto avere dei sospetti. D'altro canto, anche se fosse passato un po' di tempo prima della scoperta del cadavere, sarebbero diminuiti i rischi riguardanti l'identificazione. Poi il signor Renauld, indossati gli stracci del vagabondo, sarebbe andato alla stazione per partire, inosservato, col treno delle ventiquattro e dieci. Dal momento che si sarebbe supposto che l'ora del crimine doveva risalire a due ore prima, nessun sospetto sarebbe caduto su di lui.

"Capite ora quale terribile seccatura sia stata la visita inopportuna di quella ragazza, Bella. Un minimo ritardo poteva essere fatale al piano. Renauld si sbarazza di lei il più velocemente possibile. Poi, al lavoro! Lascia socchiusa la porta di ingresso per far pensare che l'assassino sia uscito da quella parte. Lega e imbavaglia la signora Renauld, evitando l'errore commesso venti anni prima quando, avendo lasciato troppo allentati i lacci, i sospetti erano caduti sulla sua complice. Poi abbandona la moglie la quale doveva raccontare la medesima storia da lui inventata anni prima. E qui Renauld dimostra l'inconscio rifiuto della mente umana nei confronti della originalità. La notte è fredda e lui, sopra la biancheria, si infila velocemente un soprabito, con l'intenzione di seppellirlo assieme al morto. Esce dalla finestra, cancella con il rastrello le orme sull'aiuola, e inconsapevolmente fornisce la prova più schiacciante contro se stesso. Va al campo di golf, comincia a scavare quando..."

— Quando?

— Quando la giustizia che lui ha eluso per tanto tempo piomba su di lui. Una mano sconosciuta lo pugnala alla schiena... Ora, Hastings, capite ciò che voglio dire quando parlo di due crimini? Il primo, quello su cui Renauld, nella sua arroganza, ci ha chiesto di indagare (e qui ha commesso il primo errore, ha sottovalutato Poirot!) è risolto. Ma dietro c'è un enigma ben più profondo. Risolverlo sarà difficile, dal momento che il criminale, nella sua saggezza, si è limitato a servirsi degli espedienti preparati dallo stesso Renauld. È stato un mistero molto complicato da risolvere. Un giovane come Giraud, che non tiene in nessun conto la psicologia, è destinato inevitabilmente a fallire.

— Siete meraviglioso, Poirot — esclamai ammirato. — Assolutamente meraviglioso. Nessun altro al mondo ci sarebbe arrivato.

Le mie lodi lo lusingarono e per una volta nella vita sembrò imbarazzato.

— Dunque non disprezzate più il povero, vecchio papà Poirot? Non state più dalla parte del segugio umano?

Il suo modo di definire Giraud mi divertiva sempre molto.

— No, voi l'avete chiaramente battuto.

— Quel povero Giraud — disse Poirot, tentando invano di sembrare modesto. — Non è completamente stupido. Ma è stato sfortunato un paio di volte. Il capello nero arrotolato attorno all'impugnatura del pugnale, per esempio. Lo ha portato chiaramente fuori pista...

— Per essere sincero — dissi lentamente — anch'io non capisco... a chi appartiene quel capello?

— A *madame* Renauld, naturalmente. Ecco dove per Giraud è intervenuta la *mauvaise chance*. I capelli della signora, una volta neri, ora sono quasi tutti grigi. Quel capello avrebbe potuto essere grigio e allora Giraud, senza nessuno sforzo, non si sarebbe intestardito nella convinzione che proveniva dalla testa di Jack Renauld. Ma il nostro amico forza i fatti perché si adattino alla teoria. Non ha forse trovato le orme di due persone, un uomo e una donna, nel capanno? E questo come quadra nella sua ricostruzione del caso? Ve lo dirò io... non quadra affatto per cui non ne sentiremo più parlare. Io ora vi chiedo, è questo un sistema, un metodo di lavoro? Il grande Giraud! Il grande Giraud non è altro che un pallone gonfiato... gonfiato dalla sua stessa presunzione. Ma io, Hercule Poirot, che lui disprezza tanto, sarò lo spillo che farà scoppiare quel pallone... *comme ça*! — E fece un gesto molto significativo. Poi con calma riprese il suo racconto.

— Senza dubbio, *madame* Renauld quando avrà ripreso conoscenza, parlerà. Non le era mai sfiorata l'idea che suo figlio potesse essere accusato del delitto. E come avrebbe potuto prevedere una cosa simile dal momento che lo credeva a bordo di una nave in viaggio per il Sud America? Ah, *voilà une femme*, Hastings. Che forza, che auto-controllo! Ha commesso solo un piccolo errore. All'arrivo inaspettato del figlio ha esclamato "Non ha più importanza... *ormai*". Però nessuno lo ha notato, nessuno si è reso conto del significato di quelle parole. Che terribile parte ha dovuto recitare, povera donna! Immaginate lo shock quando va ad identificare il cadavere e scopre che in realtà quel corpo senza vita è proprio quello di suo marito che lei pensava ormai lontano e al sicuro. Nessuna meraviglia che sia svenuta. Ma da quel momento, nonostante il dolore e la disperazione, ha continuato a recitare la sua parte. Non poteva dirci nulla per metterci sulla traccia degli assassini. Per amore di suo figlio, nessuno deve sapere che Paul Renauld era Georges Conneau, l'assassino. E alla fine, il colpo più duro e più amaro quando ha dovuto ammettere che *madame* Daubreuil era l'amante del marito... perché se si fosse scoperta la storia del ricatto il suo segreto sarebbe stato di dominio pubblico. E con quanta intelligenza ha tenuto testa al giudice quando lui le ha domandato se ci fosse qualche mistero nel passato del marito. "Niente di tanto teatrale, signor giudice" ha detto con tono perfetto, con una sfumatura di calibrata ironia. E subito Hautet si è sentito sciocco e melodrammatico. Sì, è una grande donna. Ha amato un criminale, ma lo ha amato da regina!

Poirot tacque e si perse nelle sue meditazioni.

— Ancora una cosa, Poirot — domandai. — Il significato di quel pezzo di tubo di piombo.

— Non lo capite? Serviva per sfigurare il viso della vittima, per renderlo irriconoscibile. È stato proprio questo oggetto a mettermi sulla pista giusta e quell'imbecille di Giraud che non faceva che raccogliere fiammiferi e mozziconi! Non vi avevo forse detto che un indizio lungo due metri vale quanto uno lungo due millimetri?

— Be', Giraud avrà poco da cantare adesso — tagliai corto per evitare recriminazioni.

— Sì, ma se è arrivato alla persona giusta col metodo sbagliato non avrà niente da preoccuparsi.

— Ma... — feci una pausa.

— Hastings, dobbiamo ricominciare da capo. E ancora una volta domandarci: chi ha ucciso Renauld? Qualcuno che era nei dintorni della villa poco prima della mezzanotte, qualcuno che avrebbe tratto vantaggio dalla sua morte... e la descrizione si adatta a Jack fin troppo bene. Il delitto non poteva essere premeditato. E poi c'è il pugnale.

Trasalii. Avevo dimenticato quel particolare.

— Certo — convenni. — Il secondo pugnale che abbiamo trovato nel corpo del vagabondo era della signora Renauld. Allora ce ne sono due!

— È chiaro, e poiché erano delle copie se ne deduce che fossero di Jack Renauld. Ma questo non mi dà molto da pensare. Ho una piccola idea in proposito. Il più grave atto di accusa contro lui è ancora di natura psicologica. L'eredità, *mon ami. Talis pater, talis filius*... Jack Renauld è pur sempre il figlio di Georges Conneau.

Il suo tono era particolarmente grave e ne rimasi impressionato.

— E qual è la piccola idea di cui avete parlato?

Per tutta risposta Poirot consultò l'orologio e disse: — A che ora parte da Calais il battello pomeridiano?

— Alle cinque, mi pare.

— Molto bene, facciamo appena in tempo.

— Andate in Inghilterra?

— Sì, amico mio.

— A far cosa?

— A cercare un possibile testimone.

— Chi?

Con uno strano sorriso sulle labbra Poirot rispose: — Bella Duveen.

— Ma come farete a trovarla... che cosa sapete di lei?

— Non so nulla, ma posso dedurre molte cose. Possiamo dare per scontato che il nome sia Bella Duveen e dal momento che questo nome era vagamente familiare a Stonor, anche se non proprio in relazione alla famiglia Renauld, è probabile che sia qualche attrice. Jack Renauld è un uomo giovane con tanti soldi. Forse il palcoscenico è stato il luogo dei suoi primi amori. E questo spiega anche come mai il vecchio Renauld abbia tentato di comprare quella donna. Credo che la troverò, soprattutto con l'aiuto di questa.

Si tolse di tasca la fotografia che gli avevo visto prendere dal cassetto di Jack Renauld. "Con amore da Bella" era la dedica scarabocchiata in un angolo, ma non era questo che incatenò il mio sguardo. La somiglianza non era perfetta... ma comunque non c'erano dubbi. Sentii un brivido freddo lungo la schiena ed ebbi la sensazione che una inarrestabile calamità stesse per abbattersi su di me.

Era il viso di Cenerentola.

XXII
Mi innamoro

Restai per un attimo pietrificato, con la fotografia in mano. Poi, lentamente, la restituii a Poirot. Guardai il mio amico per cercare di scoprire se avesse capito qualcosa ma, con mio grande sollievo, mi accorsi che non mi stava affatto osservando. Forse non si era accorto del mio sbalordimento.

Si alzò. — Non abbiamo tempo da perdere — disse. — Diamoci da fare per preparare la partenza. A proposito... il mare è calmo.

Nel trambusto della partenza non ebbi il tempo per pensare, ma, una volta a bordo, lontano dallo sguardo di Poirot (lui, come al solito stava praticando il metodo Laverguier) cercai di dare un ordine ai miei pensieri e di considerare freddamente i fatti. Quanto sapeva Poirot? Aveva capito che la mia occasionale compagna di viaggio e Bella Duveen erano la stessa persona? Cosa era andato a fare all'Hotel du Phare? Solo per il mio bene, come aveva detto? Oppure ci era andato con uno scopo molto più profondo e più preciso? E comunque, perché ora voleva ritrovare questa ragazza? Sospettava forse che lei avesse visto Jack Renauld commettere il crimine? O sospettava... no, questo era impossibile. Che motivi poteva avere la ragazza per uccidere Renauld padre? Ma cosa l'aveva fatta tornare sulla scena del delitto? Riesaminai attentamente i fatti. Il giorno del viaggio doveva essere scesa dal treno a Calais, dato che non l'avevo vista sul battello. Se aveva fatto colazione a Calais e poi aveva preso il treno per Merlinville, avrebbe potuto arrivare a Villa Geneviève più o meno all'ora indicata da Françoise. Cosa aveva fatto dopo aver lasciato la villa poco dopo le dieci? O era andata in albergo o era tornata a Calais. E poi? Il delitto era stato commesso martedì notte. Giovedì mattina la ragazza era di nuovo a Merlinville. Aveva mai lasciato la Francia? Lo dubitavo. E allora cosa l'aveva trattenuta... la speranza di vedere Jack Renauld? Io le avevo detto ciò che tutti credevamo allora e cioè che Jack era in navigazione per il Sud America. Forse lei sapeva che l'*Anzora* non era salpata? Ma per saperlo avrebbe dovuto vedere Jack. Era questo che stava cercando di scoprire Poirot? Forse Jack, quando era tornato per vedere Marthe, si era per caso incontrato con Bella Duveen, la ragazza che aveva abbandonato.

Cominciavo a vedere un po' di luce. Se le cose stavano così Jack aveva un alibi. Eppure, date le circostanze, era difficile spiegare il suo ostinato silenzio. Perché non aveva parlato chiaro? Forse temeva che questo precedente legame con Bella arrivasse all'orecchio di Marthe Daubreuil? No, questa spiegazione non mi convinceva. In fondo si trattava di una storia innocua tra un ragazzo e una ragazza e, cinicamente, dovevo ammettere che il figlio di un uomo tanto in vista come Renauld non poteva essere stato piantato da una qualsiasi ragazzina francese, completamente squattrinata, che oltretutto, lo amava. Tutta la storia era sconcertante. Una volta tanto non mi piaceva dare la caccia, assieme a Poirot, a questa ragazza, ma non sapevo come fare per evitarlo senza rivelargli tutto e questo mi infastidiva.

A Dover, Poirot ricomparve vispo e arzillo e il nostro viaggio a Londra proseguì senza incidenti. Arrivammo poco dopo le nove e io pensavo che saremmo subito andati a casa e che non avremmo fatto nulla fino al mattino successivo. Ma Poirot aveva altri piani.

— Non dobbiamo perdere tempo, *mon ami*. La notizia dell'arresto non comparirà sui giornali inglesi fino a dopodomani, però, ripeto, non dobbiamo perdere tempo.

Non riuscii a seguire il suo ragionamento, ma gli domandai come intendeva trovare la ragazza.

— Ricordate Joseph Aarons, l'agente teatrale? No? L'avevo aiutato in una piccola faccenda. Un problemino facile facile, ve lo racconterò un giorno o l'altro. Lui, senza dubbio, sarà in grado di aiutarci a scoprire ciò che vogliamo scoprire.

Ci volle un po' di tempo per scovare il signor Aarons. Era passata la mezzanotte quando lo trovammo. Accolse con grande cordialità Poirot e disse che avrebbe fatto tutto ciò che era in suo potere per aiutarci.

— Ci sono pochissime cose riguardanti il teatro che io non so — disse.

— *Eh, bien!* Signor Aarons, sto cercando una ragazza che si chiama Bella Duveen.

— Bella Duveen? Conosco il nome, ma per il momento non riesco a metterla a fuoco. Cosa fa questa ragazza?

— Non lo so... ma ho la fotografia.

Aarons studiò la fotografia per un attimo poi il suo viso si illuminò.

— Ci sono! Si tratta delle Sorelle Dulcibella.

— Le sorelle Dulcibella?

— Esatto e sono proprio sorelle. Acrobate, ballerine e cantanti. Un bel numero, direi. Sono in tournée in provincia, da qualche parte, a meno che non siano a riposo. Sono state a Parigi le ultime due o tre settimane.

— Potreste scoprire dove stanno lavorando ora?

— Senza nessuna difficoltà. Voi andate a casa e domattina vi manderò il messaggio.

Mantenne la promessa. Alle undici del giorno successivo, ricevemmo un biglietto.

> Le sorelle Dulcibella stanno lavorando al Palace di Coventry.
> Buona fortuna.

Partimmo subito per Coventry. Arrivati al teatro, Poirot si limitò a prenotare due poltrone per la sera.

Lo spettacolo era noioso al di là di ogni sopportazione, o forse ero io che non avevo lo stato d'animo giusto per apprezzarlo. Acrobati giapponesi, attori con pretese di eleganza si esibivano in monologhi poco spiritosi oppure danzavano, grasse prime donne cantavano al limite delle possibilità vocali umane, e un comico cercava invano di far ridere con vecchie barzellette.

Alla fine venne annunciato il numero delle sorelle Dulcibella. Avevo il cuore in gola. Eccola... eccole, entrambe, una bionda, l'altra bruna, ma uguali come statura, con indosso gonne arricciate molto corte e un grosso fiocco in testa. Sembravano due bambine estremamente provocanti. Cominciarono a cantare. Avevano una voce chiara e bella, intonata e sensibile. Fu un bel numero. Danzarono con maestria e fecero anche qualche salto acrobatico. Le loro canzoni erano allegre e orecchiabili. Quando calò il sipario, scoppiò un applauso entusiasta. Evidentemente le sorelle Dulcibella avevano molto successo.

Di colpo capii di non poter rimanere più a lungo in quel luogo. Dovevo uscire a prendere una boccata d'aria. Proposi a Poirot di andarcene.

— Andate pure, *mon ami*. Io mi diverto e voglio rimanere fino alla fine. Vi raggiungerò più tardi.

L'albergo era a pochi passi dal teatro. Entrai, salii nel nostro appartamento e dopo aver ordinato un whisky con soda mi sedetti a berlo nel salottino, guardando pensieroso fuori dalla finestra. Sentii aprirsi la porta, mi voltai pensando che fosse Poirot. Balzai di colpo in piedi. Sulla soglia c'era Cenerentola. Parlò esitando, col fiato corto. — Vi ho visto in platea, voi e il vostro amico. Quando vi siete alzato per andarvene, vi ho seguito. Come mai siete qui... a Coventry? Cosa facevate a teatro questa sera? Quell'uomo che era con voi è... è il detective?

Era in piedi. Il cappotto che aveva buttato sopra il costume di scena le scivolava dalle spalle. Sotto il trucco, vidi il pallore delle guance e percepii il terrore nella sua voce. E in quel momento capii tutto... capii perché Poirot la stava cercando, e ciò che lei temeva e capii anche il mio stesso cuore.

— Sì — risposi, gentile.

— State cercando... me? — mormorò.

Non risposi subito. Lei si lasciò cadere su una sedia e scoppiò in un pianto irrefrenabile.

Mi inginocchiai accanto a lei, la strinsi tra le braccia e le accarezzai i capelli.

— Non piangete, bambina, non piangete. Qui siete al sicuro. Io mi prenderò cura di voi. Non piangete, tesoro. Io so... so tutto.

— Oh, non è vero!

— E invece sì. — Dopo un attimo i suoi singhiozzi si acquietarono. — Siete stata voi a prendere il pugnale, vero?

— Sì.

— Per questo mi avete pregato di portarvi sul luogo del delitto? E per questo avete finto di svenire.

Annuì. Un pensiero bizzarro mi attraversò il cervello, ma

ero felice che le sue motivazioni non fossero state dettate da una curiosità macabra e morbosa. Come aveva recitato bene la sua parte quel giorno, dimostrandosi sicura e disinvolta mentre dentro di sé doveva morire di paura.

— Perché avete preso il pugnale? — domandai.

— Temevo che ci fossero delle impronte digitali.

— Ma non ricordavate di aver portato i guanti?

Scosse il capo, un po' sbalordita e poi disse lentamente: — Avete intenzione di consegnarmi alla polizia?

— Buon Dio, no!

I suoi occhi cercarono i miei e poi domandò con voce flebile: — Perché no?

Il luogo e il momento erano inadatti per una dichiarazione d'amore e Dio sa se nei miei sogni mi ero mai immaginato che l'amore potesse arrivarmi in questo modo. Ma risposi in modo semplice e naturale: — Perché vi amo, Cenerentola.

Piegò il capo, come se si vergognasse e mormorò con voce rotta: — Non potete... non potete... se sapeste... — Poi sollevò il capo e mi lanciò uno sguardo di sfida. — Che cosa sapete esattamente? — domandò.

— So che siete andata a trovare il signor Renauld, quella sera. Lui vi ha offerto un assegno e voi l'avete stracciato, indignata. Poi avete lasciato la casa... — feci una pausa.

— Andate avanti.

— Non so se sapevate che Jack Renauld sarebbe tornato quella sera o se stavate semplicemente aspettando l'occasione di vederlo, ma non vi siete allontanata dal luogo. Forse eravate molto triste e vi siete messa a camminare senza meta... ma comunque, poco prima di mezzanotte eravate ancora vicino alla villa e avete visto un uomo sul campo di golf...

Feci un'altra pausa. La verità mi era balenata davanti agli occhi non appena lei era entrata nella stanza, ma ora il quadro si andava facendo sempre più convincente. Rividi con chiarezza il particolare disegno della stoffa del soprabito che copriva il cadavere del signor Renauld e mi ricordai quanto ero rimasto sorpreso dalla somiglianza il momento in cui Jack Renauld era entrato nella stanza e mi era parso di vedere il morto redivivo.

— Andate avanti — incalzò la ragazza.

— Lui vi volgeva la schiena... ma voi lo avete riconosciuto. La statura, il portamento vi erano familiari e avete anche riconosciuto il soprabito. In treno, quando ci siamo conosciuti, mi avete detto di avere sangue italiano nelle vene e questo, una volta, vi aveva messo nei guai. Avete minacciato Jack

Renauld in una delle lettere che gli avete scritto. Quando lo avete visto laggiù, la rabbia e la gelosia vi hanno fatto perdere la testa... e lo avete colpito. Non credo che il delitto fosse premeditato. Ma voi lo avete ucciso, Cenerentola!

Si era coperta il viso con le mani e con voce rotta disse: — Sì... avete ragione... rivedo tutto esattamente come l'avete descritto... E voi dite di amarmi? Come potete, sapendo quello che ho fatto?

— Non lo so — risposi, stanco. — Credo che l'amore sia... sia qualcosa di incontrollabile. Ho tentato di combattere contro questo sentimento... sin dal primo momento. Ma l'amore ha vinto.

All'improvviso, quando meno me l'aspettavo, si buttò a terra e ricominciò a singhiozzare.

— Oh, non posso! Non so cosa fare. Non so che strada prendere. Oh, povera me, povera me... ditemi cosa devo fare!

Ancora mi inginocchiai accanto a lei e cercai di calmarla.

— Non temete, Bella. Io non vi farò nulla. Vi amo, è vero... ma non voglio nulla in cambio. Lasciate solo che vi aiuti. Continuate ad amare lui se non potete farne a meno, ma lasciate che io vi aiuti, perché lui non può.

Si impietrì alle mie parole; sollevò la testa e mi guardò fissa.

— Voi pensate... pensate che io ami Jack Renauld?

Poi, ancora con le lacrime agli occhi, scoppiò a ridere e mi buttò le braccia al collo e appoggiò la guancia contro la mia.

— Non come amo te! — mormorò. — Mai, come amo te.

Mi baciò sulla guancia e poi la sua bocca cercò la mia e continuò a baciarmi con una tenerezza e una dolcezza che non avevo mai provato. Non dimenticherò, finché vivrò, il miracolo di quel momento.

Un rumore mi costrinse a sollevare lo sguardo. Poirot, sulla soglia, ci stava osservando.

Non ebbi un attimo di esitazione. Con un balzo lo raggiunsi e lo immobilizzai.

— Forza — dissi alla ragazza. — Esci, vattene, il più in fretta che puoi.

La ragazza uscì di corsa dalla stanza mentre io tenevo Poirot in una morsa di ferro.

— *Mon ami* — disse con dolcezza. — E voi fate queste cose? L'uomo forte che mi tiene nella sua morsa e io sono qui indifeso come un bambino. Ma tutto questo è scomodo oltre che ridicolo. Sediamoci e parliamone con calma.

— Non avete intenzione di seguirla?

— *Mon Dieu!* No! Sono forse Giraud? Lasciatemi andare.

Un po' sospettoso, sapendo che in astuzia Poirot poteva battermi come e quando voleva, lo lasciai andare e lui si sedette in una poltrona e si accarezzò le braccia.

— Avete la forza di un toro, quando siete arrabbiato, Hastings! *Eh bien*, vi pare di esservi comportato bene col vostro vecchio amico? Vi faccio vedere la fotografia di una ragazza, la riconoscete e non ne fate parola.

— Non ce n'era bisogno se voi sapevate già che l'avevo riconosciuta — risposi amaro. Dunque Poirot aveva saputo tutto fin dall'inizio. Non l'avevo ingannato nemmeno per un istante.

— Ma voi non sapevate che io sapevo. E questa sera avete aiutato la ragazza a fuggire, dopo tutta la fatica che abbiamo fatto a trovarla. E allora ditemi, Hastings, avete intenzione di lavorare con me o contro di me?

Non risposi subito. Era per me un dolore cocente mettermi contro il mio vecchio amico. Eppure, dovevo farlo. Mi avrebbe mai perdonato? Finora era stato stranamente calmo, ma sapevo che era capace di un grande auto-controllo.

— Poirot — dissi — mi dispiace. Ammetto di essermi comportato in maniera inqualificabile. Ma a volte un uomo non ha scelta. E per quanto riguarda il futuro dovrò seguire la mia strada.

Poirot si limitò ad annuire diverse volte.

— Capisco — disse alla fine. Era molto serio e parlò con una sincerità e una gentilezza che mi stupirono. — È così, vero? Amico mio, è arrivato l'amore, non come forse l'avevate immaginato, tutto rose e fiori, ma triste e con ferite ancora sanguinanti. Be', vi avevo avvertito. Vi avevo avvertito, quando ho capito che era stata quella ragazza a prendere il pugnale. Ma ormai è già troppo tardi. Ditemi, quanto sapete?

Affrontai il suo sguardo.

— Niente di ciò che potreste dirmi mi sorprenderebbe. Sappiatelo, Poirot. Ma nel caso pensiate di riprendere le ricerche per trovare la signorina Duveen, vorrei che vi fosse chiara una cosa. Se pensate che lei abbia a che fare col delitto, oppure che sia lei la misteriosa signora che ha fatto visita a Renauld quella sera, ebbene, vi sbagliate. Ho viaggiato con lei quel giorno, quando stavo tornando a casa dalla Francia, e ci siamo lasciati alla stazione Vittoria proprio quella sera stessa per cui è impossibile che lei possa essere stata a Merlinville.

— Ah! — Poirot mi guardò pensieroso. — E questo sareste disposto a dichiararlo sotto giuramento in una corte?

— Certamente!
Poirot si alzò e fece un inchino.
— *Mon ami! Vive l'amour!* Riesce sempre a fare miracoli. È veramente ingegnoso ciò che avete pensato! Sconcerta persino Hercule Poirot!

XXIII
Le difficoltà non sono finite

A quel momento di tensione che ho descritto seguì naturalmente una reazione. Andai a dormire con un gran senso di calma e di sollievo ma quando mi svegliai, il mattino successivo, mi resi subito conto di essere in un mare di guai. Certo, l'alibi che avevo improvvisato per Bella non faceva una grinza. Non avrei dovuto fare altro che attenermi disperatamente alla mia versione dei fatti e Bella non avrebbe avuto nulla da temere. Tra noi non esisteva una amicizia di vecchia data che avrebbe potuto insospettire. Ero in grado di dimostrare di aver incontrato la ragazza soltanto tre volte. Sì, ero molto soddisfatto della mia idea... persino Poirot aveva ammesso di essere sconcertato.

Ma ora sapevo di dover agire con molta prudenza. Mi andava bene che il mio piccolo amico fosse momentaneamente imbarazzato. Però stimavo troppo le sue capacità per sperare che si rassegnasse. Avevo invece un'opinione molto umile delle mie possibilità. Sapevo che contro di lui non ce l'avrei mai fatta. Poirot non era tipo da accettare sconfitte. Si sarebbe preso la rivincita e nel modo più imprevedibile.

Ci ritrovammo nel salone per la prima colazione e ci comportammo come se non fosse successo nulla. Poirot era di ottimo umore e per nulla turbato, eppure c'era una impercettibile riservatezza nel suo modo di fare. Dopo colazione gli dissi che sarei uscito per una passeggiata. Un guizzo maligno passò negli occhi verdi da gatto.

— Se andate in cerca di informazioni, potete fare a meno di uscire. Vi posso dire tutto io. Le Sorelle Dulcibella hanno rescisso il contratto e sono partite per destinazione ignota.

— È vero quello che dite, Poirot?

— Potete credermi, Hastings. Ho fatto qualche indagine stamattina presto. Dopo tutto, che cosa vi aspettavate?

Vero. Date le circostanze non avrei potuto aspettarmi altro. Cenerentola aveva approfittato del vantaggio che ero riuscito a darle e non aveva perso nemmeno un attimo per togliersi dalla circolazione. Tuttavia mi rendevo conto di essere caduto in una rete di nuove difficoltà.

Non avevo possibilità di comunicare con la ragazza eppure era di vitale importanza che lei fosse a conoscenza della linea di condotta che avevo deciso di adottare. Forse mi avrebbe mandato qualche messaggio, in un modo o nell'altro, ma mi sembrava improbabile. Sapeva di correre il rischio che il messaggio venisse intercettato da Poirot. Chiaramente l'unica cosa che poteva fare era sparire per un bel po' di tempo.

Ma intanto che faceva Poirot? Lo studiai attentamente. Aveva assunto la solita aria innocente e guardava metitabondo un punto lontano. Era troppo calmo perché mi sentissi sicuro. Avevo ormai imparato che Poirot quanto più sembrava innocuo tanto più era pericoloso. La sua tranquillità mi mise in allarme. Mi guardò, lesse il turbamento nei miei occhi e sorrise.

— Siete perplesso, Hastings? Vi state chiedendo perché non mi sono lanciato all'inseguimento?

— Be'... qualcosa del genere.

— È quello che voi avreste fatto al mio posto. Lo capisco. Ma io non sono di quelli che corrono da una parte all'altra di un paese per cercare l'ago nel pagliaio. No... lasciamo pure andare *mademoiselle* Bella Duveen. Al momento opportuno, saprò trovarla. Per ora mi basta aspettare.

Lo guardai con sospetto. Stava tentando di mettermi fuori strada? Avevo la sensazione irritante che anche in quel momento fosse lui ad avere in mano la situazione. Il mio senso di superiorità era completamente svanito. Ero riuscito a far scappare la ragazza e avevo ideato un ottimo alibi per salvarla dalle conseguenze del suo folle gesto... eppure mi sentivo inquieto. La calma olimpica di Poirot non faceva che aumentare la mia ansia.

— Penso di non potervi chiedere — dissi — quali sono i vostri piani. Ne ho perduto il diritto.

— Niente affatto. Non c'è nessun segreto. Torniamo subito in Francia.

— *Torniamo?*

— Sì, *noi* torniamo. Sapete benissimo di non poter stare senza papà Poirot. Non è vero, amico mio? Comunque, se lo desiderate, restate pure in Inghilterra.

Scossi il capo. Aveva colpito nel segno. Non potevo affrontare quello che mi aspettava senza di lui. E anche se ormai non speravo più nelle sue confidenze, dovevo per lo meno controllare le sue azioni. Lui era l'unico pericolo per Bella. Giraud e la polizia francese sapevano appena della sua esistenza. A tutti i costi dovevo restare vicino a Poirot.

Mentre riflettevo, Poirot mi aveva osservato con molta attenzione e alla fine annuì soddisfatto.

— Ho ragione, no? — disse. — E dal momento che voi siete anche capace di seguirmi, magari assurdamente mascherato con qualche finta barba, cosa di cui tutti si accorgerebbero, *bien entendu*, allora preferisco che viaggiamo insieme. Mi seccherebbe molto se qualcuno vi prendesse in giro.

— Allora d'accordo, ma devo avvertirvi...

— Lo so... so tutto. Mi siete nemico. Il fatto non mi preoccupa.

— Se tutto è chiaro e alla luce del giorno sono più tranquillo.

— Voi avete la classica passione inglese per il *fair play*. Ora che tutti gli scrupoli sono stati messi a tacere, partiamo. Non c'è tempo da perdere. Il nostro soggiorno in Inghilterra è stato breve ma soddisfacente. Ho saputo... ciò che volevo sapere.

Lo disse in tono leggero, ma io avvertii una leggera minaccia.

— Eppure... — cominciai, ma mi fermai subito.

— Eppure... senza dubbio anche voi siete soddisfatto della parte che state recitando. Per quanto mi riguarda la mia preoccupazione è Jack Renauld.

Jack Renauld. Quel nome mi fece sobbalzare. Mi ero totalmente dimenticato questo aspetto della situazione. Jack Renauld, in prigione, con l'ombra della ghigliottina che incombeva su di lui! Vidi la parte che stavo recitando sotto una luce sinistra. Potevo salvare Bella... certo, ma correvo il rischio di mandare a morte un innocente.

Allontanai questo pensiero con orrore. Non poteva essere. Jack sarebbe stato assolto. Ma il brivido di gelo mi assalì ancora. E se non fosse stato assolto? Come avrei potuto sopportare un peso simile sulla coscienza? Avrei dovuto scegliere tra Jack e Bella? Il cuore mi diceva di salvare ad ogni costo la ragazza che amavo, ma se il prezzo era la vita di un altro, cosa avrei fatto?

Cosa avrebbe detto la ragazza stessa? Mi ricordai di non averle detto che Jack Renauld era stato arrestato. Bella ancora non sapeva che il suo ex innamorato era in prigione accusato di un orrendo crimine che non aveva commesso. E quando l'avrebbe saputo, quale sarebbe stata la sua reazione? Avrebbe accettato che un altro morisse al suo posto? Certo, avrebbe dovuto agire con ponderatezza. Jack Renauld avrebbe potuto venire assolto anche senza il suo intervento. Ma in caso contrario... Era un problema terribile, insostenibile. Pensai che Bella non volesse correre il rischio della pena capitale. Nel suo caso, le circostanze del crimine erano totalmente diverse. In sua difesa si sarebbe potuto fare appello alla gelosia e alla provocazione. La sua bellezza avrebbe fatto il resto. Il fatto che per un tragico errore fosse stato il vecchio Renauld e non suo figlio a pagare, non modificava il movente del crimine. Comunque, nel migliore dei casi, la corte l'avrebbe condannata a tanti anni di carcere.

No, Bella doveva essere protetta. E nello stesso tempo Jack Renauld doveva essere salvato. Ma non sapevo proprio come. Avevo grande fiducia in Poirot. Lui sapeva e sarebbe riuscito a salvare un innocente. Avrebbe escogitato senz'altro qualcosa. E con Bella libera da ogni sospetto e Jack assolto, tutto sarebbe finito bene.

Cercai di convincere me stesso di questa possibilità, ma il terrore mi gelava il fondo dell'anima.

XXIV
"Salvatelo!"

Partimmo per la Francia col battello della sera e la mattina successiva ci vide a Saint-Omer, dove era stato portato Jack Renauld. Poirot si recò subito da Hautet. Dal momento che non fece obiezioni al fatto che l'accompagnassi, lo seguii.

Esauriti preliminari e formalità, fummo introdotti nello studio del magistrato. Ci accolse con molta cordialità.

— Mi avevano detto che eravate tornati in Inghilterra — disse. — Sono felice che non sia così.

— Ci sono andato infatti — rispose Poirot. — Ma è sotto un rapidissimo viaggio. Seguivo una traccia di interesse secondario, ma che comunque meritava di essere approfondita.

— E come è andata?

Poirot si strinse nelle spalle e Hautet annuì, sospirando.

— Dobbiamo rassegnarci, temo. Quell'animale di Giraud ha dei modi insopportabili, ma è senza dubbio intelligente. Non c'è caso che sbagli.

— Ne siete convinto, signor giudice?

Questa volta fu il giudice a stringersi nelle spalle.

— *Eh bien*... in confidenza... detto tra noi, *c'est entendu*, potete arrivare a qualche altra conclusione?

— Signor giudice, secondo me, ci sono ancora troppi punti oscuri in questa faccenda.

— E cioè?

Ma Poirot non abboccò.

— Non li ho ancora bene ordinati — rispose evasivo. — Stavo solo facendo una riflessione di carattere generale. A me quel giovane piace e mi farebbe male pensarlo colpevole di un crimine tanto orrendo. A proposito, lui che cosa ha detto?

Il magistrato aggrottò la fronte.

— Non lo capisco. Sembra incapace di tentare la minima difesa. È stato molto difficile interrogarlo. Si limitа a negare e si rifugia in un ostinato silenzio. Lo interrogherò ancora domani. Desiderate essere presenti?

Accettammo l'invito.

— È un caso sconcertante — disse ancora il magistrato con un sospiro. — Tutta la mia comprensione va a *madame* Renauld.

— Come sta *madame* Renauld?

— Non ha ancora ripreso conoscenza. Povera donna, è perfino un bene che le sia risparmiato anche questo dolore. I medici affermano che non c'è pericolo per la sua vita, ma che quando si sveglierà non dovrà subire emozioni di nessun genere. Lo shock e la caduta l'hanno ridotta in questo stato. Sarebbe terribile se il suo cervello ne rimanesse sconvolto. Ma non me ne meraviglierei...

Il signor Hautet si allungò sullo schienale della poltrona e sospirò sinceramente addolorato. Poi si riprese bruscamente e disse: — Ora che mi ricordo, ho qui una lettera per voi, signor Poirot. Vediamo, dove l'ho messa?

Cominciò a frugare tra le carte. Alla fine trovò la lettera e la porse al mio amico.

— Mi è arrivata in busta chiusa perché ve la recapitassi — disse. — Ma non mi avete lasciato l'indirizzo e quindi non ho potuto farlo.

Poirot studiò la busta. L'indirizzo era scritto con una grafia slanciata, obliqua e straniera. Ed era chiaramente la grafia di una donna. Poirot non l'aprì. Se la infilò in tasca e si alzò.

— A domani, allora, signor giudice. Grazie per la vostra cortesia e amabilità.

— Ma per carità, sono sempre a vostra disposizione. Questi giovani detective della scuola di Giraud sono tutti così villani, così insolenti... Non si rendono conto che un giudice della mia esperienza deve avere un certo discernimento... un certo *flair*. *Enfin*, preferisco l'educazione della vecchia guardia. Quindi, caro amico, rivolgetevi a me quando volete. Sappiamo un paio di cosette voi ed io, eh?

E scoppiò a ridere. Poi contento di se stesso e di noi ci salutò. Mi dispiace a questo punto di dover riferire la frase che Poirot pronunciò appena lasciammo l'ufficio del magistrato.

— Che vecchio imbecille! Di una stupidità da far pena!

Mentre stavamo uscendo dal palazzo ci imbattemmo in Giraud. Era elegantissimo e aveva un'aria ancora più arrogante del solito.

— Ah, *monsieur* Poirot! — fece allegro. — Siete già tornato dall'Inghilterra?

— A quanto pare — rispose asciutto il mio amico.

— La fine di questa storia non è lontana...

— Perfettamente d'accordo, signor Giraud.

Poirot parlò con modestia e questo sembrò ringalluzzire l'altro.

— Che ricotte i criminali di oggi! Renauld non tenta nemmeno di difendersi. Veramente strano.

— E questo non vi fa pensare?

Giraud non l'ascoltò nemmeno. Agitò il bastone da passeggio.

— Be', buona giornata. Sono felice che vi siate finalmente convinto della colpevolezza del giovane Renauld.

— *Pardon!* Non sono affatto felice. Jack Renauld è innocente.

Giraud lo guardò per un attimo e scoppiò a ridere. Poi si batté significativamente la fronte con un dito ed esclamò: — *Toqué!*

Poirot strinse le labbra e un lampo minaccioso passò nei suoi occhi.

— Signor Giraud, i vostri modi sono sempre stati deliberatamente offensivi. Avete bisogno di una lezione di umiltà. Sono pronto a scommettere cinquecento franchi che io scoprirò, prima di voi, il vero assassino di Renauld. Accettate?

Giraud lo guardò sconcertato e si limitò a ripetere: — *Toqué!*

— Non avete il coraggio di accettare? — incalzò Poirot.

— Non mi va di rubarvi dei soldi.

— Non preoccupatevi di questo... accettate o no?

— D'accordo, accetto. Avete detto che i miei modi sono

offensivi. *Eh bien*, anche il vostro comportamento mi ha molto seccato.

— Sono deliziato di sentirvelo dire. Buona giornata, signor Giraud. Andiamo, Hastings.

Ci incamminammo lungo la strada e io non dissi una parola. Avevo un peso sul cuore. Poirot aveva manifestato chiaramente le sue intenzioni e cominciavo a temere di non essere in grado di aiutare Bella. Questo malaugurato incontro con Giraud aveva punto sul vivo il mio amico.

Sentii una mano sulla spalla. Mi voltai e vidi Gabriel Stonor. Ci fermammo, lo salutammo e lui disse che ci avrebbe accompagnato all'albergo.

— Cosa fate qui, signor Stonor? — domandò Poirot.

— Bisogna essere solidali con gli amici — rispose l'altro. — Soprattutto quando sono ingiustamente accusati.

— Allora non credete che sia stato Jack a commettere il crimine? — domandai ansioso.

— No, nel modo più assoluto. Conosco quel ragazzo. Ammetto che in tutta questa faccenda ci sono state alcune cose che mi hanno sconcertato, ma nonostante tutto, nonostante il suo modo folle di comportarsi, nessuno riuscirà mai a convincermi che Jack sia un assassino.

Il nodo che mi stringeva la gola sembrò sciogliersi a queste parole.

— Sono in molti a pensarla così — esclamai. — Le prove contro di lui sono poche e inconsistenti. Per quanto mi riguarda sono quasi certo che verrà assolto.

Ma la risposta di Stonor non era quella che avevo sperato.

— Vorrei avere la vostra certezza — rispose in tono triste. Poi si rivolse a Poirot. — Qual è la vostra opinione, *monsieur*?

— Per ora le cose si sono messe molto male per lui — rispose vago Poirot.

— Lo ritenete colpevole? — domandò Stonor.

— No, ma non sarà facile dimostrarne l'innocenza.

— Si sta comportando in maniera così strana — sbottò Stonor. — Mi rendo conto che c'è ben altro in questa storia di quanto non sembri a prima vista. Giraud non se ne rende conto perché è un originale, ma tutta la vicenda è molto strana. Quanto a questo, comunque, meno se ne parla, meglio sarà. Se la signora Renauld desidera mettere tutto a tacere, io sono con lei. Ho troppo rispetto e stima per la sua capacità di giudizio per non assecondarla. Ma non posso sottoscrivere l'atteggiamento di Jack. Si comporta come se volesse farsi credere colpevole.

— Ma è assurdo — gridai. — Intanto il pugnale... — Mi fermai di colpo, non sapendo quello che Poirot voleva che rivelassi. Poi continuai con maggiore prudenza. — Sappiamo che Jack Renauld quella sera non poteva avere il pugnale. La signora Renauld lo sa.

— È vero — convenne Stonor — e quando riprenderà conoscenza senza dubbio lo dirà. E forse dirà anche altre cose. Ma ora devo lasciarvi.

Eravamo arrivati all'albergo.

— Un attimo ancora — fece Poirot. — Potete per cortesia informarmi immediatamente quando la signora Renauld riprenderà conoscenza?

— Nessun problema.

— La storia del pugnale è buona — dissi a Poirot mentre salivamo in camera. — Non ho osato parlare chiaro davanti a Stonor.

— Avete fatto bene. Dobbiamo tenere segreta questa informazione il più a lungo possibile. Comunque, per quanto riguarda il pugnale, il vostro punto di vista non può aiutare Jack Renauld. Ricordate che questa mattina, prima della partenza per Londra, mi sono assentato dall'albergo per circa un'ora?

— Sì?

— Be', sono andato a cercare la fabbrica dove Jack Renauld ha fatto fare i suoi ricordi di guerra. Non è stato difficile. *Eh bien*, Hastings, mi hanno detto che ne aveva ordinati tre!

— E allora?

— Allora, uno l'aveva dato alla madre, un altro a Bella Duveen e il terzo se l'è tenuto per sé. No, Hastings, temo che la faccenda del pugnale non ci aiuterà a salvarlo dalla ghigliottina.

— Non voglio che si arrivi a questo — dissi disperato.

Poirot scosse il capo.

— Voi lo salverete! — esclamai ancora.

Poirot mi guardò freddamente.

— Non mi avete reso forse l'impresa impossibile?

— Ci sarà un altro modo — mormorai.

— *Ah, Sapristi!* Voi mi state chiedendo un miracolo. No... non dite altro. Cominciamo intanto a leggere questa lettera.

Si tolse di tasca la busta che Hautet gli aveva consegnato. Mentre la leggeva, il suo viso si contrasse. Poi, senza una parola, me la porse.

La scrittura era molto disordinata. Evidentemente era un messaggio scritto in grande stato di agitazione.

Caro signor Poirot,

quando riceverete questa mia lettera, vi prego, venite subito da me. Non ho nessuno a cui rivolgermi e a tutti i costi Jack deve essere salvato. Vi supplico in ginocchio di aiutarci.

Marthe Daubreuil

Restituii la lettera, turbato. — Andrete? – domandai.

— Subito. Chiamiamo un'auto.

Dopo mezz'ora eravamo a Villa Marguerite.

Marthe ci venne incontro, afferrò le mani di Poirot e ci fece entrare in casa.

— Siete venuto... come siete buono! Ero disperata perché non sapevo cosa fare. Non mi lasciano nemmeno andare in prigione a trovarlo. Soffro terribilmente, mi sembra di impazzire. È vero ciò che si dice, cioè che lui non nega di aver commesso il delitto? Che pazzia! Non è colpevole, non può esserlo. Non l'ho mai creduto.

— Non lo credo nemmeno io, *mademoiselle* — disse Poirot in tono gentile.

— Ma lui perché non parla? Non capisco.

— Forse vuole proteggere qualcuno — suggerì Poirot.

Marthe aggrottò la fronte.

— Proteggere qualcuno? Sua madre, forse? Ho sospettato di lei fin dall'inizio. Chi infatti eredita tutto il patrimonio? Lei. È facile vestirsi di lutto e fare gli ipocriti. E dicono che quando hanno arrestato Jack è svenuta... È stato solo un gesto teatrale! E senza dubbio il signor Stonor, il segretario, l'ha aiutata. Sono molto legati, quei due. È vero che lei è più vecchia, ma di questo gli uomini se ne infischiano se la donna è ricca!

C'era molta amarezza nel suo tono.

— Stonor era in Inghilterra — obiettai.

— Così dice lui... ma sarà vero?

— *Mademoiselle* — fece Poirot tranquillo — se dobbiamo lavorare insieme, voi ed io, dobbiamo chiarire alcuni punti. Prima di tutto vi farò una domanda.

— Sì, *monsieur*.

— Conoscete il vero nome di vostra madre?

Marthe lo guardò per un attimo, poi scoppiò in lacrime.

— Su, calmatevi — la consolò Poirot. — Capisco che sapete. Ora una seconda domanda. Sapete chi era il signor Renauld?

— Il signor Renauld? — Lo stupore della ragazza sembrava sincero.

— Questo non lo sapete. Quindi ascoltatemi con attenzione.

Punto per punto le raccontò tutta la storia, come aveva fatto con me il giorno della nostra partenza per l'Inghilterra. Quando Poirot finì, la ragazza tirò un profondo sospiro.

— Siete meraviglioso... magnifico! Siete il più grande detective del mondo.

Si alzò, andò a inginocchiarsi davanti a lui con un calore e un abbandono tutto francese.

— Salvatelo! — implorò. — Lo amo tanto! Salvatelo... salvatelo!

XXV
Una soluzione inaspettata

Il mattino successivo assistemmo all'interrogatorio di Jack Renauld. Era passato poco tempo da quando l'avevano arrestato, ma rimasi sconvolto nel constatare il cambiamento che era avvenuto in lui. Aveva le guance scavate, gli occhi solcati da profonde occhiaie, un'aria stanca e stralunata come se non avesse dormito per notti. Quando ci vide non tradì nessuna emozione.

Al prigioniero e al suo difensore, l'avvocato Grosier, vennero offerte delle sedie. Un imponente agente stava di guardia alla porta e il paziente cancelliere era seduto alla scrivania.

L'interrogatorio cominciò.

— Renauld — iniziò il giudice — negate di essere stato a Merlinville la sera del delitto?

Jack non rispose subito poi disse esitante: — Io... vi ho detto che ero a Cherbourg.

Grosier sospirò e aggrottò la fronte. Mi resi conto che Jack non aveva nessuna intenzione di modificare il proprio comportamento.

Il giudice si voltò con un gesto irritato: — Fate entrare i testi.

Poco dopo si aprì la porta ed entrò un uomo che subito riconobbi come il facchino della stazione di Merlinville.

— Eravate in servizio la sera del sette giugno?

— Sì, signore.

— Avete visto l'arrivo del treno delle undici e quaranta?

— Sì, signore.

— Osservate il prigioniero. Lo riconoscete come uno dei viaggiatori che sono scesi?

— Sì, signor giudice.

— Non c'è possibilità che vi sbagliate?
— No, signore. Conosco molto bene Jack Renauld.
— E non vi sbagliate per caso sulla data?
— No, signore, perché proprio il mattino dopo, l'otto giugno, ho sentito parlare del delitto.
Venne fatto entrare un altro impiegato della stazione il quale confermò la dichiarazione del facchino. Il giudice guardò Jack.
— Questi uomini vi hanno riconosciuto. Che cosa avete da dire?
Jack si strinse nelle spalle.
— Nulla.
Hautet scambiò uno sguardo con il cancelliere che stava scrivendo la risposta dell'accusato.
— Renauld — riprese il giudice — questo lo riconoscete? — Prese qualcosa dal tavolo e lo porse al prigioniero. Era il famigerato pugnale.
— Scusate — intervenne l'avvocato difensore — chiedo di conferire con il mio cliente prima che risponda a questa domanda.
Ma Jack Renauld non prese nemmeno in considerazione la proposta del suo difensore. Scartò l'idea del colloquio privato con un gesto della mano e disse: — Certo che lo riconosco. È un regalo che ho fatto a mia madre, un souvenir della guerra.
— Esiste, che voi sappiate, una copia di questo pugnale?
Ancora Grosier fece per intervenire, ma Jack lo prevenne.
— No, che io sappia. L'avevo disegnato io stesso.
Persino il giudice sussultò per l'arroganza della risposta. Sembrava che Jack non desiderasse altro che far precipitare gli eventi. Io mi rendevo conto, naturalmente, che per salvare Bella era indispensabile tenere nascosta l'esistenza di una copia del pugnale. Finché si pensava che l'arma fosse una sola, nessuno avrebbe sospettato che la ragazza ne possedesse un duplicato. Jack stava coraggiosamente cercando di coprire la donna che una volta aveva amato... ma a quale prezzo! Adesso mi rendevo pienamente conto della reale portata del nostro compito, come aveva detto Poirot. Non sarebbe stato facile ottenere la scarcerazione di Jack, tacendo la verità.
Hautet parlò ancora, con un tono un po' irritato.
— *Madame* Renauld ci ha detto che questo pugnale si trovava sul suo tavolino da toeletta la notte del delitto. Ma *madame* Renauld è una madre! Forse vi sorprenderà, Renauld, ma io sono convinto che *madame* Renauld si sia sba-

gliata e che, forse inavvertitamente, voi vi siate portato il pugnale a Parigi. Senza dubbio negherete...

Vidi le mani del giovane contrarsi sotto la morsa delle manette. La sua fronte era imperlata di sudore e con uno sforzo riuscì a dire, con voce roca: — Non lo nego, è anche possibile...

Fu un attimo di stupore generale. L'avvocato Grosier si alzò in piedi protestando. — Il mio cliente ha subìto un forte shock. Vorrei che metteste a verbale che non lo ritengo responsabile di quello che dice.

Il giudice lo guardò adirato. Per un attimo il dubbio passò nella sua mente. Jack Renauld stava spingendo fino all'estremo limite di sicurezza la sua parte.

Hautet si chinò in avanti e osservò il prigioniero.

— Vi rendete conto, signor Renauld, che in base alle risposte che mi state dando io non ho altra alternativa che dichiararvi colpevole e istruire il processo?

Il viso pallido di Jack avvampò. Fissò il giudice e mormorò: — Signor Hautet, giuro di non aver ucciso mio padre.

Ma il breve attimo di dubbio del giudice era passato. Fece una risatina ironica, sgradevole. — Certo, certo... — disse. — Sono sempre innocenti i nostri prigionieri. Vi siete condannato da solo. Non avete portato nessun elemento in vostra difesa, non avete un alibi. Vi limitate a ripetere di essere innocente. Non basta! Voi avete ucciso vostro padre, Jack Renauld. Un delitto crudele e vigliacco, per entrare in possesso di quei soldi che credevate di ereditare alla sua morte. Vostra madre vi ha aiutato dopo il delitto. Senza dubbio, considerando che ha agito come qualsiasi altra madre avrebbe fatto, la corte la giudicherà con quella indulgenza che non sarà certo usata nei vostri riguardi. E giustamente! Il vostro crimine è orrendo... un crimine maledetto dagli uomini e dagli dei... — Hautet sembrava compiaciuto dal proprio discorso, era tutto compreso nella solennità di quel momento e nell'importanza del suo ruolo di rappresentante della giustizia. — Voi avete ucciso... e dovete pagare le conseguenze della vostra azione. Io non vi parlo come uomo, ma come voce della Giustizia, quell'eterna Giustizia che...

Il discorso venne bruscamente interrotto, con sua grande irritazione, perché si spalancò la porta.

— Signor giudice... signor giudice... — balbettò l'usciere. — C'è qui una signora che dice.. che dice...

— Chi dice cosa? — tuonò il giudice. — Tutto questo è irregolare. Io lo proibisco nella maniera più assoluta.

Ma una figura snella sgusciò accanto all'usciere ed entrò nella sala. Era tutta vestita di nero, un lungo velo le copriva il viso. Sentii il cuore in gola. Era arrivata! Tutti i miei sforzi erano stati vani. Non mi rimaneva che ammirare il coraggio che l'aveva spinta a questo passo tanto pericoloso.

Sollevò il velo... e io rimasi senza fiato. La somiglianza era impressionante... ma questa giovane donna non era Cenerentola. Ora che la vedevo senza la parrucca che aveva portato in scena, la riconobbi come la ragazza della fotografia trovata da Poirot nel cassetto di Jack Renauld.

— Voi siete il giudice istruttore, signor Hautet? — domandò.

— Sì, ma non tollero...

— Il mio nome è Bella Duveen. Sono venuta a costituirmi per l'assassinio del signor Renauld.

XXVI
Ricevo una lettera

Amico caro,

quando riceverai questa lettera, saprai già tutto. Non posso fare più niente per trattenere Bella. È andata a costituirsi e io sono stanca di lottare.

Ora saprai anche che ti ho ingannato, che ho ripagato con menzogne la tua fiducia. Questo per te sarà certamente imperdonabile, ma vorrei, prima di scomparire per sempre dalla tua vita, spiegarti come tutto è accaduto. Se sapessi che mi perdonerai, sarebbe per me tutto più facile. Non ho agito per mio interesse e questa è la mia unica giustificazione.

Comincerò dal giorno in cui ci siamo conosciuti sul treno. In quel momento ero molto inquieta per Bella. Lei era pazza di Jack Renauld, avrebbe baciato la terra dove lui passava e quando lui aveva cominciato a cambiare, a non scriverle più, Bella era caduta in uno stato di profonda prostrazione. Si era messa in testa che lui si fosse innamorato di un'altra donna e, come si è visto, aveva ragione. Aveva deciso di andare a Villa Geneviève a Merlinville e cercare di parlare a Jack. Sapeva che io non ero d'accordo, e ha cercato di ingannarmi. Avevo scoperto che non si trovava sul treno per Calais e avevo deciso che non sarei andata in Inghilterra senza di lei. Avevo lo sgradevole presentimento che sarebbe successo qualcosa di terribile e volevo impedirlo.

Ho preso il treno successivo da Parigi. C'era Bella e voleva recarsi subito a Merlinville. Ho discusso con lei, ma è stato inutile. Mi ha detto che intendeva agire di testa sua e che io non potevo intervenire nella sua vita. Allora me ne sono lavata le mani; avevo fatto tutto quello che potevo. Sono andata in albergo e Bella è partita per Merlinville. Ma ancora non riuscivo a liberarmi da un angoscioso presentimento.

Il giorno seguente, nessuna notizia da Bella. Mi aveva dato appuntamento per una certa ora in albergo, ma non si fece viva. Per tutto il giorno. Io ero sempre più angosciata. Poi, sul giornale della sera, la notizia!

Era terribile! Non potevo essere sicura, certo... ma avevo paura. Immaginavo che Bella avesse incontrato Renauld padre, gli avesse raccontato di lei e di Jack e che lui l'avesse in qualche modo insultata. Abbiamo tutte e due un temperamento molto eccitabile.

Poi è venuta fuori quella storia degli uomini mascherati e allora mi sono calmata un po'. Ma ancora non capivo perché Bella fosse mancata al mio appuntamento.

Il giorno dopo ero così inquieta che non ho potuto fare a meno di andare a Merlinville. E subito, ho inciampato in te. E tu sai quello che è accaduto... Quando ho visto il morto che assomigliava tanto a Jack, che portava il suo soprabito, ho capito! Poi ho visto quel pugnale, quel maledetto regalo che Jack aveva fatto a Bella e ho pensato che sull'impugnatura ci fossero le impronte di mia sorella. Forse non riuscirò mai a spiegarti l'orrore che ho provato in quel momento. Capivo solo una cosa... che dovevo impossessarmi di quell'arma e fuggire prima che si accorgessero che era scomparsa. Ho finto di svenire e mentre tu eri andato a prendere l'acqua, ho nascosto il pugnale nel vestito. Ti ho detto che alloggiavo all'Hotel du Phare, ma in realtà sono precipitosamente tornata a Calais e qui ho preso il primo battello per l'Inghilterra. Durante la traversata ho buttato in mare il pugnale. E finalmente ho tirato un sospiro di sollievo.

Bella era a Londra, nel nostro appartamento. Sembrava distrutta. Le ho raccontato quello che avevo fatto e le ho detto che sarebbe stata al sicuro per il resto della sua vita. Lei mi ha guardato sbalordita e poi ha cominciato a ridere... ridere... ridere... una cosa terrificante! Ho pensato che le avrebbe fatto bene tornare a lavorare. Non dovevo lasciarle il tempo di pensare, altrimenti sarebbe diventata pazza. Per fortuna abbiamo trovato subito una scrittura.

E poi, quella sera, a Coventry, ti ho visto in platea col tuo amico... e le mie paure sono ricominciate. Dovevate sospettare, altrimenti perché seguirci fino a lì? Dovevo sapere, per cui ti ho seguito. Ero disperata e poi, prima che potessi dire qualsiasi cosa, ho capito che tu sospettavi di me e non di Bella. O perlomeno pensavi che io fossi Bella dal momento che avevo rubato il pugnale. Vorrei, caro amico, che tu riuscissi a capire quello che mi è passato per la testa in quel momento... forse mi perdonerai... ero così spaventata, così confusa, così disperata... Riuscivo solo a capire che eri disposto ad aiutarmi, a salvarmi, ma non sapevo se avresti fatto altrettanto per Bella. Forse no... non era la stessa cosa! E non potevo rischiare. Bella è la mia gemella... farei di tutto per lei. Così ho continuato a mentire... mi sentivo malvagia, mi sento ancora malvagia e ingrata... Questo è tutto e mi pare che basti. Avrei dovuto fidarmi di te... se l'avessi fatto...

Quando è comparsa sui giornali la notizia dell'arresto di Jack Renauld, ho capito che tutto era perduto. Bella non avrebbe aspettato un solo attimo e così è stato.

Sono molto stanca... non posso più scrivere...

Aveva cominciato a firmare Cenerentola, ma poi aveva cancellato quel nome e aveva scritto "Dulcie Duveen".

Poirot era accanto a me mentre leggevo. I fogli mi caddero di mano. Lo guardai.

— Voi sapevate fin dall'inizio che era... l'altra?

— Sì, amico mio.

— Perché non me l'avete detto?

— Tanto per cominciare mi sembrava inconcepibile che voi poteste fare un simile errore. Avete visto la fotografia. Le sorelle si assomigliano molto, è vero, ma non sono proprio identiche.

— Ma i capelli biondi?

— Una parrucca per creare un contrasto sulla scena. Come è possibile che due gemelle possano essere una bionda e l'altra bruna?

— Perché non me l'avete detto quella sera a Coventry?

— I vostri metodi erano stati un po' violenti, *mon ami*. Non me ne avete dato la possibilità.

— Ma dopo?

— Ah, dopo! Be', ero ferito per la mancanza di fiducia che mi avevate dimostrato. E poi volevo vedere se i vostri sentimenti avrebbero retto alla prova del tempo. Insomma, se si trattava di un vero amore o di una improvvisa fiammata. Non vi avrei lasciato a lungo nel vostro errore.

Annuii. Il suo tono era stato troppo affettuoso perché potessi nutrire del risentimento. Guardai i fogli della lettera sparsi sul pavimento. Li raccolsi e li porsi a Poirot.

— Leggete — dissi. — Mi farebbe piacere.

Lui lesse in silenzio e poi mi guardò.

— Che cosa vi preoccupa, Hastings?

Poirot sembrava cambiato. Non aveva più quella solita aria un po' canzonatoria. Riuscii a dirgli ciò che volevo senza troppa difficoltà.

— Lei non mi dice... non mi dice se mi ama o no!

Poirot voltò le pagine.

— Vi sbagliate, Hastings.

— Dove? — gridai.

Poirot sorrise.

— Ve lo dice in ogni parola della lettera, *mon ami*.

— Ma dove posso trovarla? Non c'è indirizzo. C'è un francobollo francese e basta.

— Calmatevi! Lasciate fare a papà Poirot. La troverò non appena avrò cinque minuti di tempo.

XXVII
La storia di Jack Renauld

— Congratulazioni, signor Jack — disse Poirot, stringendo calorosamente la mano del giovane.

Renauld era venuto da noi non appena rilasciato e prima di tornare a Merlinville per raggiungere Marthe e la madre. Lo accompagnava Stonor, la cui felicità era in stridente contrasto con l'aspetto desolato di Jack. Il giovane sembrava sull'orlo di un collasso nervoso. Anche se era stato eliminato il grave pericolo che lo minacciava, le circostanze del suo rilascio erano state troppo penose perché potesse gioirne fino in fondo. Sorrise triste a Poirot. — Ho fatto di tutto per salvarla — mormorò. — Ma è stato inutile!

— Non potevate aspettarvi che la ragazza accettasse il prezzo della vostra vita — rimarcò secco Stonor. — Doveva farsi avanti quando ha capito che stavate per andare alla ghigliottina.

— Eh, *ma foi*! E inoltre avreste avuto sulla coscienza la morte dell'avvocato Grosier — aggiunse Poirot. — Sarebbe soffocato dalla rabbia.

— Certo, è uno stupido dotato delle migliori intenzioni,

però — disse Jack. — Ma mi preoccupava terribilmente. Non avrei certo potuto confidarmi con lui. Ma cosa succederà a Bella?

— Se fossi in voi — rispose franco Poirot — non mi preoccuperei eccessivamente. I tribunali francesi sono indulgenti nei confronti della giovinezza e della bellezza, e soprattutto nei confronti del *crime passionnel*. Un avvocato abile potrebbe tirarne fuori un commovente caso di circostanze attenuanti. Non sarà piacevole per voi...

— Questo non mi preoccupa. Vedete, signor Poirot, in un certo senso mi sento colpevole dell'assassinio di mio padre. Se non fosse stato per me e per la mia relazione con quella ragazza lui ora sarebbe ancora vivo. E poi la mia sbadataggine nel prendere il soprabito sbagliato! No, non posso fare a meno di sentirmi responsabile per la sua morte. E questo rimorso mi tormenterà sempre.

— No, no... — dissi cercando di calmarlo.

— Certo, è orribile per me pensare che Bella ha ucciso mio padre — continuò Jack. — Ma è anche vero che io l'ho trattata in maniera vergognosa. Dopo aver conosciuto Marthe mi sono reso conto di aver fatto un errore e avrei dovuto scriverle e dirle la verità. Ma temevo qualche scenata, temevo che la storia arrivasse alle orecchie di Marthe, temevo che Marthe considerasse la storia più seria di quanto in realtà non era stata. Be', sono stato un vigliacco e non ho fatto che sperare che tutta la faccenda si aggiustasse da sola. Mi sono allontanato da Bella senza capire che l'avrei portata alla disperazione. Se avesse pugnalato me, come in realtà intendeva fare, me lo sarei meritato. E il modo in cui è venuta a costituirsi ora è davvero coraggioso. Io avrei sopportato tutto... fino alla fine. — Rimase in silenzio per un minuto o due e poi riprese, cambiando argomento: — Quello che ancora non ho capito è come mai mio padre andasse in giro di notte con indosso solo il soprabito. Forse era riuscito a liberarsi dei due stranieri e mia madre deve aver commesso un errore asserendo che erano le due di notte, quando c'è stata l'aggressione. Oppure... oppure è stata tutta una messa in scena? È così? Voglio dire... mia madre non penserà... che sono stato io?

Poirot lo tranquillizzò anche su questo punto.

— No, no, signor Jack. Non abbiate timori su questo punto. Quanto al resto, ve lo spiegherò uno di questi giorni. È una storia curiosa. Ma volete raccontarci che cosa è esattamente accaduto quella sera?

— C'è poco da dire. Sono arrivato da Cherbourg, come vi

ho detto, per vedere Marthe prima di partire per l'altro capo del mondo. Il treno era in ritardo e per guadagnare tempo ho deciso di prendere la scorciatoia attraverso il campo da golf. Da lì potevo entrare benissimo a Villa Marguerite. Ero quasi arrivato quando... — Fece una pausa e deglutì.

— Quando?

— Ho sentito un grido terribile. Non molto forte, ma un grido strozzato, agghiacciante. Per un attimo sono rimasto inchiodato. Poi ho girato attorno a un cespuglio. C'era la luna piena. Ho visto la fossa e una figura che giaceva supina con un coltello conficcato nella schiena. E poi... poi... ho alzato gli occhi e l'ho vista. Mi guardava come se avesse visto un fantasma, forse in un primo momento deve aver pensato che lo fossi, e il suo viso sembrava congelato in una espressione di orrore. Ha lanciato un grido ed è scappata.

Si fermò cercando di dominare la propria emozione.

— E poi? — domandò piano Poirot.

— Non lo so. Sono rimasto là per un momento, sbigottito. E infine mi sono reso conto che avrei dovuto andarmene il più in fretta possibile. Non pensavo che potessero sospettarmi, ma temevo di venire chiamato a deporre contro di lei. Come vi ho detto sono andato a piedi fino a St. Beauvais e da qui ho preso una macchina per Cherbourg.

Bussarono alla porta. Entrò un fattorino con un telegramma per Stonor. Lui lo aprì, lo lesse e balzò in piedi.

— La signora Renauld ha ripreso conoscenza — annunciò.

— Ah! — Anche Poirot si alzò. — Andiamo subito a Merlinville.

La partenza fu precipitosa. Jack insistette perché Stonor rimanesse per fare tutto quello che era possibile per aiutare Bella Duveen. Poirot, il giovane Renauld ed io partimmo con la macchina di Jack.

Quaranta minuti dopo eravamo a Merlinville. Mentre ci avvicinavamo al cancello di Villa Marguerite, Jack guardò interrogativamente Poirot.

— Non potreste andare avanti voi e avvertire per primo mia madre che sono libero? — domandò.

— E intanto voi andate subito a portare la notizia a Marthe Daubreuil, eh? — ammiccò con un sorriso Poirot. — Ma sì, stavo quasi per proporvelo io.

Jack Renauld non aspettò un minuto di più. Fece fermare la macchina, balzò fuori e si precipitò di corsa lungo il sentiero che portava a Villa Marguerite. Noi proseguimmo in macchina fino alla villa.

— Poirot — dissi. — Ricordate il giorno che siamo arrivati qui? E come abbiamo appreso subito la notizia dell'assassinio del signor Renauld?

— Oh, sì, certo! Non è passato neanche molto tempo. Ma quante cose sono successe da allora... soprattutto per voi, *mon ami*!

— Poirot, cosa avete fatto per trovare Bel... voglio dire Dulcie?

— State calmo, Hastings, sistemerò tutto.

— Ma state perdendo tempo prezioso... — borbottai.

Poirot cambiò argomento.

— Quel giorno l'inizio, oggi la fine — sentenziò mentre suonava il campanello. — E, devo anche dire, che la fine è poco soddisfacente.

— Sì, infatti — sospirai.

— Voi considerate le cose solo da un punto di vista sentimentale, Hastings. Non era questo che volevo dire. Speriamo che *mademoiselle* Bella venga trattata con indulgenza e poi Jack Renauld non può sposarne due di ragazze. Io invece parlavo da un punto di vista professionale. Questo non è un delitto regolare, ordinato, uno di quelli che deliziano il detective. La *mise en scène* architettata da Georges Conneau, quella era perfetta ma la conclusione... ah, no! Un uomo ucciso per sbaglio da una ragazza in preda all'ira... che ordine e metodo c'è in tutto questo?

Françoise ci aprì la porta e questo mi salvò dallo scoppiare a ridere per le bizzarre considerazioni di Poirot.

Poirot disse che doveva vedere subito la signora Renauld e la vecchia domestica ci condusse di sopra. Io rimasi nel salotto al piano terreno. Poco dopo ricomparve Poirot. Sembrava molto preoccupato.

— *Vous voilà, Hastings! Sacré tonnerre!* Guai in vista!

— Che volete dire?

— Non l'avrei mai immaginato, ma le donne sono sempre imprevedibili.

— Ecco Jack e Marthe Daubreuil — dissi io, guardando fuori dalla finestra.

Poirot uscì di corsa dalla stanza e andò incontro ai due giovani.

— Non entrate. È meglio di no — disse a Jack. — Vostra madre è molto sconvolta.

— Lo immagino — rispose Jack. — Vado subito da lei...

— Vi ho detto che è meglio di no.

— Ma Marthe e io...

— In ogni caso, non portate *mademoiselle*. Se proprio volete, salite, ma fareste meglio ad ascoltare i miei consigli.

Una voce sulla scala ci fece trasalire.

— Vi ringrazio per i vostri buoni consigli, signor Poirot, ma spiegherò io stessa e molto chiaramente ciò che desidero.

Attoniti osservammo la signora Renauld che scendeva le scale appoggiata al braccio di Léonie. Aveva la testa ancora fasciata. La ragazza piangendo implorava la sua padrona di tornare a letto.

— *Madame*, vi state uccidendo. Avete disobbedito agli ordini del dottore.

Ma la signora Renauld era irremovibile.

Jack fece un passo avanti. — Mamma! — gridò.

La donna lo fermò con un gesto imperioso.

— Non sono più tua madre! Tu non sei mio figlio! Da questo momento ti rinnego!

— Mamma — gridò ancora il ragazzo sbalordito.

La donna sembrò vacillare tanta era l'angoscia contenuta in quel grido. Poirot fece un gesto di conciliazione, ma la donna riprese subito il controllo di se stessa.

— Il sangue di tuo padre è su di te. Tu sei moralmente responsabile della sua morte. Lo hai offeso e sfidato per questa ragazza e abbandonandone crudelmente un'altra hai causato la sua morte. Esci dalla mia casa. Domani farò i passi necessari perché tu non possa toccare nemmeno un penny del suo denaro. Fatti strada nel mondo come meglio puoi con l'aiuto di questa ragazza che è la figlia della più accanita nemica di tuo padre.

Poi lentamente, penosamente, si voltò e risalì le scale.

Eravamo tutti sbigottiti, assolutamente impreparati a tale scena. Jack Renauld, vinto, vacillò e per poco non cadde a terra. Poirot e io accorremmo vicino a lui.

— È stremato — disse Poirot. — Dove possiamo portarlo?

— Ma a casa, a Villa Marguerite. Lo cureremo noi, io e mamma. Mio povero Jack! — disse Marthe.

Portammo il ragazzo alla villa e qui Jack si accasciò su una poltrona allo stremo delle proprie forze. Poirot gli posò una mano sulla fronte.

— Ha la febbre — disse. — La lunga tensione comincia a esigere il suo prezzo. E ora anche questo colpo... Portatelo a letto. Hastings ed io andremo a chiamare un medico.

Il medico arrivò quasi subito. Dopo aver visitato il paziente dichiarò che si trattava semplicemente di un collasso nervoso. Aveva solo bisogno di riposo e di quiete. Un buon sonno l'avrebbe rimesso in sesto. Ma non bisognava in alcun modo turbare il suo riposo. Sarebbe stato bene che qualcuno lo vegliasse durante la notte.

Lo lasciammo alle cure di Marthe e di sua madre e tornammo in città. Era già passata l'ora di pranzo ed eravamo entrambi affamati. Entrammo nel primo ristorante che incontrammo lungo la strada e ci concedemmo delle eccellenti *omelettes* e delle altrettanto eccellenti *entrecôtes*.

— Ora cerchiamo una camera per la notte — disse Poirot, dopo aver sorbito un bel *café noir*. — Dobbiamo ritentare dal nostro amico dell'Hotel des Bains?

Ci recammo all'albergo. Trovammo due camere prospicienti il mare. Poi Poirot fece una domanda al proprietario che mi sorprese.

— È arrivata una signora inglese, miss Robinson?

— Sì, signore. È nel salottino.

— Ah!

— Poirot — gridai mentre lo seguivo lungo il corridoio. — Chi diavolo è miss Robinson?

Poirot mi gratificò di un sorriso radioso.

— Ho combinato un matrimonio per voi, Hastings...

— Ma...

— Entrate — disse Poirot. — Non penserete che voglia strombazzare per tutta Merlinville il nome Duveen?

In salottino c'era Cenerentola. Le presi le mani. I miei occhi dissero il resto.

Poirot si schiarì la voce.

— *Mes enfants* — disse. — Ora non c'è molto tempo per le espansioni e le effusioni amorose. Abbiamo un compito da svolgere. *Mademoiselle*, siete riuscita a fare ciò che vi ho chiesto?

Per tutta risposta Cenerentola tolse dalla borsa un pacchetto e lo porse a Poirot. Il mio amico lo scartò e io sobbalzai. Era il pugnale che aveva detto di aver buttato in mare. È strano come le donne siano sempre restie a distruggere anche gli oggetti più compromettenti.

— *Très bien, mon enfant!* Sono contento di voi. Ora andate a riposare. Hastings e io abbiamo qualcosa da fare. Vi vedrete domani.

— Dove andate? — domandò la ragazza.

— Saprete tutto domattina.

— Dovunque andiate, voglio venire con voi.

— Ma, *mademoiselle*...

— Vengo con voi.

Poirot capì che era inutile discutere. — D'accordo. Ma non sarà divertente. E potrebbe anche non capitare niente.

La ragazza non rispose.

Venti minuti più tardi ci mettemmo in cammino. Era una serata buia, opprimente. Poirot ci condusse in direzione di Villa Geneviève, ma quando passammo davanti a Villa Marguerite si fermò.

— Vorrei assicurarmi che Jack stia bene — disse. — Venite con me, Hastings. Signorina, vi spiace aspettarci un attimo fuori? *Madame* Daubreuil potrebbe dire qualcosa che vi farebbe male.

Aprimmo il cancello e ci incamminammo lungo il sentiero. Mentre giravamo attorno alla casa attirai l'attenzione di Poirot in direzione di una finestra al primo piano. Dietro la tenda abbassata si stagliava perfetto il profilo di Marthe Daubreuil.

— Ah — fece Poirot. — È in quella stanza che probabilmente si trova Jack.

Madame Daubreuil ci aprì la porta. Spiegò che Jack stava più o meno come l'avevamo lasciato, ma se desideravamo constatarlo di persona, non aveva niente da obiettare. Ci accompagnò di sopra e nella stanza. Marthe Daubreuil stava ricamando seduta accanto a un tavolino sul quale c'era un paralume acceso. Quando entrammo si portò l'indice alle labbra per intimarci il silenzio.

Jack dormiva, ma di un sonno agitato, voltava continuamente la testa da una parte all'altra e il viso era molto arrossato.

— Il medico deve tornare? — domandò sottovoce Poirot.

— Sì, se lo mandiamo a chiamare. Jack sta dormendo ed è già molto. *Maman* gli ha fatto una tisana.

Lasciammo la stanza. *Madame* Daubreuil ci accompagnò al piano terreno. Dal momento che conoscevo il suo passato, osservavo questa donna con estremo interesse. Teneva gli occhi bassi e sulle labbra aveva il solito sorriso enigmatico. Di colpo ne ebbi paura, quella paura che si prova davanti a un serpente velenoso.

— Spero di non avervi disturbato, *madame* — disse Poirot, mentre la donna ci apriva la porta.

— Niente affatto, signor Poirot.

— A proposito — disse Poirot come se solo in quel momento si fosse ricordato. — Il signor Stonor non è venuto a Merlinville oggi, vero?

Non capii il senso di questa domanda, ma sapevo che se Poirot l'aveva fatta un significato doveva averlo.

— No, che io sappia — rispose calma la signora.

— Non ha parlato con la signora Renauld?
— E come potrei saperlo io?
— Giusto — convenne Poirot. — Pensavo che voi l'aveste visto andare o venire, tutto qui. Buona notte, *madame*.
— Perché... — cominciai io.
— Niente perché, Hastings. C'è tempo per questo.
Raggiungemmo Cenerentola e ci dirigemmo verso Villa Geneviève. Poirot si voltò un attimo a guardare la silhouette di Marthe dietro tenda.
— È ben curato — mormorò.
Arrivati alla villa, Poirot stabilì il suo punto di osservazione dietro alcuni cespugli sulla sinistra del vialetto, dove eravamo completamente nascosti alla vista di tutti. Tutta la villa era immersa nel buio. Ci trovavamo sotto la finestra della stanza da letto della signora Renauld. La finestra era aperta. E mi parve che Poirot stesse proprio fissando quel punto.
— Cosa dobbiamo fare? — domandai.
— Osservare.
— Ma...
— Non credo che accada niente prima di un'ora o due, ma...
Le sue parole furono interrotte da un grido acuto: — Aiuto!
Una luce si accese in una stanza del secondo piano, sul lato destro della casa. Il grido proveniva da quella parte. E poi, dietro la tenda, scorgemmo le ombre di due persone che lottavano.
— *Mille tonnerres!* — esclamò Poirot. — Deve aver cambiato stanza.
Balzammo fuori dal nascondiglio e andammo a bussare al portone di ingresso. Poirot si diresse quindi verso il grande albero piantato in mezzo all'aiuola e vi si arrampicò con l'agilità di un gatto. Lo seguii mentre lui entrava in casa dalla finestra. Dietro di me, Dulcie stava raggiungendo il ramo sottostante.
— Fai attenzione — le dissi.
— Fai attenzione tu — ritorse. — Questo per me è un gioco da bambini.
Poirot era entrato nella stanza vuota e stava battendo contro la porta che dava sul corridoio.
— Chiusa a chiave dall'esterno — disse. — E ci vorrà tempo per sfondarla!
Le grida di aiuto si facevano sempre più fievoli. Lessi la disperazione negli occhi del mio amico. Cercammo, insieme, ma invano, di sfondare la porta a spallate.
Dalla finestra ci arrivò, calma, la voce di Cenerentola.

— Arriverete troppo tardi. Credo di essere l'unica che possa fare qualcosa.

Prima che potessi intervenire, la vidi spiccare un salto nel vuoto.

Mi precipitai alla finestra e guardai fuori. Era aggrappata con le mani al cornicione del tetto e avanzava verso la finestra illuminata.

— Dio mio! — esclamai. — Si ucciderà!

— Dimenticate che è un'acrobata, Hastings — disse Poirot. — È stata la provvidenza che ha voluto che venisse con noi. Prego solo che arrivi in tempo.

Un grido di puro terrore squarciò la notte nel momento in cui la ragazza entrava nella stanza dalla finestra. Poi mi arrivò la voce di Cenerentola: — No, non fatelo! Vi ho preso... e i miei polsi sono di acciaio.

Nello stesso momento Françoise aprì la porta della nostra prigione. Poirot si precipitò fuori, corse lungo il corridoio verso la porta davanti alla quale c'erano le altre domestiche.

— È chiusa dall'interno, signore.

Dall'interno arrivò il rumore di un tonfo. Dopo un attimo la chiave girò nella serratura e la porta fu spalancata per noi da Cenerentola. Era pallida, molto pallida.

— È salva? — domandò Poirot.

— Sì, sono arrivata appena in tempo.

La signora Renauld era sul letto, semisdraiata. Respirava a fatica.

— Stava strangolandomi — riuscì a mormorare.

La ragazza raccolse qualcosa da terra e lo porse a Poirot. Era una scala di corda di seta molto sottile e leggera, ma solidissima.

— Un sistema per fuggire dalla finestra — commentò Poirot — mentre noi stavamo tentando di abbattere la porta. Dove è... l'altra?

Cenerentola si fece da parte. Una figura era stesa per terra, avvolta in un drappo nero che le copriva il viso.

— Morta?

Cenerentola annuì. — Credo di sì. Deve aver battuto la testa contro il bordo di marmo del camino.

— Ma chi è? — domandai ansioso.

— L'assassino del signor Renauld, Hastings. E il potenziale assassino della signora Renauld.

Non capivo. Perplesso e sbalordito mi inginocchiai e sollevai il manto. Vidi il bel viso, ormai congelato nella morte, di Marthe Daubreuil.

XXVIII
La fine del viaggio

I miei ricordi degli eventi che si susseguirono quella notte sono un po' confusi. Poirot faceva il sordo e non rispondeva alle mie domande. Continuava a rimproverare Françoise perché non gli aveva detto che *madame* Renauld aveva cambiato stanza da letto.

Gli posai una mano sulla spalla, deciso a farmi ascoltare.

— Ma voi dovevate saperlo — lo rimproverai. — Voi siete salito a salutarla questo pomeriggio.

Poirot si degnò di rispondermi.

— La signora era stata trasportata su una poltrona con le rotelle nel suo boudoir — spiegò.

— Ma, *monsieur* — intervenne Françoise. — *Madame* aveva cambiato stanza subito dopo il delitto. Diceva che non poteva più stare in quella che aveva sempre diviso col marito.

— Ecco perché non sono stato avvertito — urlò Poirot fuori di sé, cosa in lui piuttosto rara. — Io vi chiedo perché... perché non mi è stato detto? Siete una povera vecchia imbecille! E Léonie e Denise non sono certo meglio. Siete tre idiote! La vostra stupidità per poco non è costata la vita alla signora. Se non fosse stato per questa coraggiosa ragazza...

Si interruppe e si avvicinò a Cenerentola che stava affettuosamente confortando la signora Renauld.

L'abbracciò con un fervore tutto francese... cosa che mi seccò non poco.

Poi Poirot mi ordinò bruscamente di andare a chiamare il medico. Dopo avrei dovuto chiamare anche la polizia. E aggiunse, con mio grande sdegno: — È inutile che stiate a tornare qui. Non avrò tempo per darvi ascolto. Lascerò *mademoiselle* come infermiera.

Mi ritirai col massimo della dignità possibile. Dopo aver fatto quello che dovevo, tornai in albergo. Non capivo assolutamente nulla di quanto era accaduto. Gli avvenimenti di quella sera mi sembravano irreali. Nessuno avrebbe potuto dare una risposta alle mie domande. Nessuno le aveva ascoltate. Mi cacciai a letto esausto e mi addormentai profondamente.

Quando mi svegliai, il sole entrava dalle finestre aperte e Poirot era seduto accanto al mio letto.

Sorrideva.

— *Enfin!* Che sonno! Siete un bel dormiglione, Hastings. Sapete che sono quasi le undici?

Gemetti e mi portai una mano alla fronte. — Devo aver sognato — dissi. — Ho sognato che avevamo scoperto il corpo di Marthe Daubreuil nella stanza della signora Renauld e che voi avete dichiarato che Marthe era l'assassina.

— Non era un sogno. È tutto vero.

— Ma è stata Bella Duveen a uccidere Renauld!

— No, Hastings. Lo ha confessato solo per salvare l'uomo che ama.

— Cosa?

— Ricordate la storia che Jack ha raccontato? Erano arrivati contemporaneamente sulla scena del delitto e ognuno di loro ha pensato che l'altro fosse l'assassino. La ragazza lo guarda orripilata e fugge. Ma poi quando viene a sapere che lui era stato arrestato, decide di assumersene la colpa e di salvarlo.

Poirot si appoggiò allo schienale della seggiola. Congiunse le dita delle mani in un gesto che gli era abituale.

— Il caso non mi convinceva fino in fondo — spiegò. — Sono sempre stato convinto di aver a che fare con un delitto premeditato a sangue freddo, commesso da qualcuno che si era servito, per portare fuori strada la polizia, del piano ideato dal signor Renauld. Il grande criminale, ve l'ho già detto, è sempre molto semplice nel metodo. Ora, per sostenere questa teoria, era necessario che il criminale fosse al corrente dei piani del signor Renauld. Il che ci porta alla signora Renauld. Ma i fatti non confermano la tesi della sua colpevolezza. Allora, chi altro avrebbe potuto conoscerli? Marthe Daubreuil ci ha raccontato di aver sentito la lite tra il signor Renauld e il vagabondo. E se è riuscita a sentire questo, non c'è ragione di credere che non possa aver sentito altre cose, soprattutto se i coniugi Renauld erano stati tanto imprudenti da discutere i loro piani seduti su quella panchina. Ricordate con quanta chiarezza, da quel punto, abbiamo sentito la conversazione tra Marthe e Jack?

— Ma che motivo aveva Marthe per uccidere il signor Renauld? — argomentai.

— Quale motivo? Il denaro! Renauld era ricchissimo e alla sua morte metà del patrimonio sarebbe andato al figlio (almeno così i due giovani credevano). Ricostruiamo i fatti dal punto di vista di Marthe. La ragazza ascolta la conversazione tra Renauld e la moglie. Fino a quel momento lui era stato una bella fonte di reddito per le Daubreuil, ma ora decide di farla finita con questo ricatto. Forse la prima decisione della ragazza era stata quella di impedirgli la fuga. Ma poi, nella sua testa si fa largo un'altra idea che certo non può spaventare la figlia di Jeanne Beroldy! Il signor Renauld si oppone irreversibilmente al matrimonio di Marthe con Jack. Se Jack sfida il padre, rischia di rimanere senza una lira. Cosa che non garba affatto a Marthe. Infatti, dubito molto che il suo amore per Jack fosse sincero. Riesce a recitare molto bene, a simulare emozioni ma in realtà è fredda, calcolatrice come la madre. Io credo che lei stessa non fosse convinta fino in fondo del potere che poteva esercitare su Jack. Lo aveva stordito, incantato ma una lunga separazione, come il signor Renauld voleva, glielo avrebbe fatto perdere. Ma con la morte del padre e metà del patrimonio nelle mani di Jack avrebbe potuto sposarlo subito e con un colpo solo catturare lui e la sua ricchezza. Il suo agile cervello coglie la semplicità della cosa. È tutto così facile. Il signor Renauld sta inscenando la propria morte. Lei deve solo inserirsi al momento giusto e trasformare la farsa in una terribile realtà. Ed ecco il secondo particolare che mi ha portato a sospettare di Marthe: il pugnale! Jack Renauld ne aveva fatti fare tre. Uno l'aveva dato a sua madre, uno a Bella Duveen. Era tanto assurdo pensare che non potesse aver dato il terzo a Marthe? E allora, per riassumere, vi elenco i quattro punti a sfavore di Marthe Daubreuil:

"1° – Marthe Daubreuil aveva potuto ascoltare la conversazione di Renauld con la moglie;

"2° – Marthe Daubreuil traeva vantaggio dalla morte di Renauld;

"3° – Marthe Daubreuil è la figlia della famigerata *madame* Beroldy che, secondo me, è moralmente l'assassina del marito, anche se in realtà è stato Georges Conneau a compierlo materialmente;

"4° – Marthe Daubreuil era l'unica persona, oltre a Jack Renauld, che avrebbe potuto avere il terzo pugnale."

Poirot si schiarì la voce.

— Certo — riprese — quando ho saputo dell'esistenza dell'altra ragazza, Bella Duveen, mi sono reso conto che anche lei avrebbe potuto uccidere il signor Renauld. Questa soluzione non mi convinceva molto in quanto, come vi ho già spiegato, Hastings, un esperto come me desidera trovarsi di fronte a un nemico degno di questo nome. Comunque bisogna accettare i crimini così come sono e non come ci piacerebbe che fossero. Mi sembrava inverosimile che Bella Duveen andasse in giro con un pugnale in mano, ma avrebbe anche potuto essere stata spinta dall'idea della vendetta. Quando si è presentata a confessare il delitto, sembrava tutto finito. Eppure... io non ero convinto... *mon ami*, non ero affatto convinto...

Ho ripercorso il caso passo per passo e sono arrivato alla medesima conclusione. Se non era stata Bella Duveen, l'unica persona che avrebbe potuto commettere il crimine era Marthe Daubreil. Ma non avevo una sola prova contro di lei!

"Poi voi mi avete mostrato la lettera di Dulcie e ho capito come avrei potuto modificare il quadro. Il pugnale originale era stato rubato da Dulcie Duveen e buttato in mare. Lei infatti era convinta che fosse quello della sorella. Ma se per caso il pugnale non fosse stato quello di sua sorella, ma quello regalato da Jack a Marthe Daubreuil, be', allora, Bella ne era ancora in possesso. Non ve ne ho parlato, Hastings, perché non era il momento di fare i sentimentali, ma ho cercato Dulcie, le ho spiegato quello che era necessario fare e l'ho convinta a frugare tra le cose della sorella. Immaginate il mio sollievo quando è tornata da me, sotto il falso nome di Robinson e mi ha portato quel prezioso souvenir!

"Intanto avevo fatto alcuni passi per indurre Marthe a uscire allo scoperto. Su mie precise disposizioni, la signora Renauld ha ripudiato il figlio e ha espresso la propria intenzione di modificare il testamento in modo tale che Jack fosse completamente tagliato fuori. Era un passo disperato ma necessario e *madame* Renauld era pronta a correre il rischio... purtroppo non ha pensato ad avvertirmi di aver cambiato camera. Forse dava per scontato che lo sapessi. E tutto si è verificato come avevo previsto. Marthe Daubreuil ha fatto il suo ultimo tentativo per impossessarsi dei milioni di Renauld... ma ha fallito."

— Quello che mi stupisce — dissi — è che sia riuscita a entrare in casa senza che noi la vedessimo. È quasi un miracolo. L'abbiamo lasciata a Villa Marguerite e siamo venuti direttamente a Villa Geneviève... eppure ci ha preceduto.

— Ah, ma non l'abbiamo lasciata a casa... Era uscita dalla porta di servizio mentre noi stavamo parlando con la madre nell'atrio. Ecco come ha cercato di mettere nel sacco Hercule Poirot.

— Ma la sua ombra dietro la tenda? L'abbiamo vista dalla strada.

— *Eh, bien*, quando ci siamo voltati a guardare *madame* Daubreuil aveva già fatto in tempo a salire le scale e a sedersi al posto della figlia.

— *Madame* Daubreuil?

— Sì. Una è una donna matura, l'altra è giovane, una bruna, l'altra bionda, ma i loro profili in silhouette erano simili. Persino io non ho sospettato... che triplice imbecille che sono! Ho pensato di aver ancora del tempo a disposizione. Ero certo che avrebbe cercato di intrufolarsi a Villa Geneviève molto più tardi. Era molto intelligente, la bella Marthe.

— E voleva uccidere *madame* Renauld?

— Certo. Così tutto il patrimonio sarebbe passato a Jack. Ma si sarebbe trattato di suicidio, *mon ami*! Sul pavimento, accanto al corpo di Marthe, ho trovato una garza, un flaconcino di cloroformio e una siringa contenente una dose mortale di morfina. Capite? Prima il cloroformio... e poi l'iniezione fatale. Al mattino, l'odore del cloroformio sarebbe completamente scomparso. La siringa per terra, come se fosse caduta dalla mano della signora Renauld, avrebbe fatto sospettare il suicidio. Cosa avrebbe declamato, Hautet il magnifico? 'Povera donna! Cosa vi avevo detto? Prima il grande dolore, poi la gioia... troppo per lei! Non avevo forse temuto che il suo cervello ne sarebbe stato sconvolto? Che caso tragico, il caso Renauld!'

"Comunque, Hastings, le cose non sono andate come Marthe Daubreuil aveva previsto. Tanto per cominciare, *madame* Renauld era sveglia e la stava aspettando. C'è stata una lotta, ma la signora Renauld era ancora troppo debole. Ecco l'ultima chance per Marthe Daubreuil. Fallito il piano del suicidio, può ancora ridurre al silenzio la signora Renauld strangolandola, fuggire con quella scala che si era portata appresso mentre noi stavamo cercando di sfondare la porta, tornare prima di noi a Villa Marguerite. Dopo di che, che prove avremmo avuto contro di lei? Ma qualcuno le ha dato scacco matto. Non Hercule Poirot, bensì *la petite acrobate* coi suoi polsi di acciaio.

Ripensai a tutta la storia.

— Poirot — domandai — quando avete cominciato a sospettare di Marthe Daubreuil? Quando ci ha detto di aver sentito dal giardino la lite del signor Renauld col vagabondo?

Poirot sorrise.

— Amico mio, ricordate il giorno in cui siamo arrivati a Merlinville? E la bella ragazza che abbiamo visto accanto al cancello? Voi mi avete chiesto se avevo notato quella giovane dea e io vi ho risposto di aver visto soltanto una ragazza dagli occhi inquieti. Ecco quello che ho pensato di Marthe fin dall'inizio. *La ragazza dagli occhi inquieti*! Perché era tanto ansiosa? Non certo per Jack, perché in quel momento ancora non sapeva che lui era stato a Merlinville la sera del delitto.

— A proposito — esclamai — come sta Jack?

— Molto meglio. Si trova ancora a Villa Marguerite, ma

madame Daubreuil è scomparsa. La polizia la sta cercando.
— Pensate che sia stata complice della figlia?
— Non lo sapremo mai. *Madame* è una donna che sa custodire i propri segreti. Dubito persino che la polizia riesca a trovarla.
— Hanno avvertito Jack?
— Non ancora.
— Sarà un colpo tremendo per lui.
— Certo. Eppure, Hastings, io dubito che fosse veramente innamorato di quella ragazza. Finora abbiamo considerato Bella Duveen come la sirena e Marthe come la brava ragazza che avrebbe voluto sposare. Ma se capovolgiamo i termini, siamo molto più vicini alla verità. Marthe Daubreuil era molto bella. Aveva deciso di affascinare Jack e ci è riuscita. Ma non dimenticate la riluttanza del ragazzo a rompere definitivamente con Bella. Sarebbe stato disposto ad andare alla ghigliottina pur di non coinvolgerla. Credo che quando saprà la verità ne resterà sconvolto... disgustato e il suo falso amore svanirà di colpo.
— E Giraud?
— Dopo una crisi di nervi è tornato precipitosamente a Parigi.
Scoppiammo a ridere.

Poirot non era stato un falso profeta. Quando alla fine il medico stabilì che Jack era abbastanza in forze da sopportare la verità, Poirot si assunse il delicato compito di spiegargliela. Lo shock fu terribile, ma Jack lo sopportò meglio di quanto non avessi previsto. L'amore della madre lo aiutò a sopportare quei giorni tanto difficili. Madre e figlio erano ormai inseparabili.

Ma ci fu un'altra rivelazione. Poirot disse alla signora Renauld di essere al corrente del suo segreto e le fece anche capire che Jack doveva essere informato sul passato di suo padre.

— Non serve mai tenere nascosta la verità, *madame*! Fatevi coraggio e raccontategli tutto.

La signora Renauld acconsentì e suo figlio venne a sapere che quel padre tanto amato in realtà era stato un delinquente a lungo ricercato dalla giustizia.

Poirot rispose subito a una domanda: — Tranquillizzatevi, Jack. Il mondo non sa nulla. E per quanto mi riguarda non ho nessuna intenzione di informare la polizia. In questo caso ho agito non per favorire la polizia, ma vostro padre. Ora ha pagato il suo conto alla giustizia e nessuno saprà mai che lui e Georges Conneau erano la stessa persona.

Ovviamente per la polizia il caso nascondeva ancora qualche punto oscuro, ma Poirot spiegò tutto in maniera tanto plausibile da soddisfare qualsiasi curiosità.

Poco dopo il nostro ritorno a Londra, notai, sulla mensola del caminetto di Poirot, una bella riproduzione di un cane da caccia. In risposta al mio sguardo interrogativo, Poirot annuì.

— *Mais oui!* Ho speso i cinquecento franchi della scommessa. Non è bello? Lo chiamerò Giraud!

Alcuni giorni dopo venne a trovarci Jack Renauld. Aveva sul viso un'espressione risoluta.

— Signor Poirot, sono venuto a salutarvi. Parto per il Sud America. Mio padre aveva degli affari laggiù e io ci vado per ricominciare una nuova vita.

— Andate solo, signor Jack?

— Con mia madre e Stonor che mi farà da segretario. Lui ama molto quei paesi.

— Nessun altro?

Jack avvampò.

— Intendete...

— Una ragazza che vi ama profondamente... tanto profondamente che era disposta a sacrificare la propria vita.

— Come posso chiederglielo? Dopo tutto quello che è successo non posso andare da lei e... che cosa potrei mai raccontarle?

— *Les femmes*... hanno un genio speciale nel fabbricare stampelle per storie che non stanno in piedi.

— Sì, ma... sono stato così stupido...

— Capita a tutti, una volta o l'altra — fece Poirot filosoficamente.

L'espressione di Jack si indurì.

— C'è un'altra cosa. Io sono il figlio di mio padre. Chi mi sposerebbe sapendolo?

— È vero, siete figlio di vostro padre e Hastings potrebbe anche dirvi che io credo nell'ereditarietà...

— E allora?

— Allora io conosco una donna piena di coraggio, di costanza, capace di grande amore e di grande abnegazione...

— Mia madre... — sussurrò il ragazzo.

— Infatti. Voi siete anche il figlio di vostra madre. Andate da *mademoiselle* Bella. Raccontatele tutto. Proprio tutto... e vediamo cosa dirà.

Jack sembrava indeciso.
— Andate da lei, ripeto, non come un ragazzo viziato ma come un uomo... un uomo piegato dal passato e dal presente, ma fiducioso nel futuro. Chiedetele di dividere la vita con voi. Forse non ve ne siete reso conto, ma l'amore che nutrite uno per l'altra ha superato prove terribili e ne è uscito vittorioso. Tutti e due eravate disposti a dare la vita per l'altro...

E che avvenne del capitano Hastings, umile cronista di questa storia?
Pare che io debba raggiungere i Renauld nel loro ranch in Argentina, ma per concludere degnamente questa storia preferisco ricordare quel che capitò una certa mattina nel giardino di Villa Geneviève.
— Non ti posso chiamare Bella dal momento che non è il tuo nome — dissi. — E Dulcie mi è così poco familiare. Per cui ti chiamerò Cenerentola. Cenerentola nella favola sposa il principe, ricordi? Io non sono un principe, ma...
Mi interruppe.
— Cenerentola lo aveva avvertito, ne sono certa, che non avrebbe potuto promettergli di diventare una principessa. Era solo una piccola sguattera...
— Ora tocca al principe interrompere. E sai che cosa le ha risposto?
— No!
— "Maledizione", disse il principe. E la baciò.
E alle parole seguì l'azione.

Indice

Oscar Mondadori
Periodico bisettimanale:
Suppl. al n. 2969 del 02/06/1997
Direttore responsabile: Massimo Turchetta
Registr. Trib. di Milano n. 49 del 28/2/1965
Spedizione abbonamento postale TR edit.
Aut n. 55715/2 del 4/3/1965 – Direz. PT Verona